U0544317

东　西 / 主编

广西当代作家丛书（第五辑）

■ 蒙飞 著

漂移的家

广西人民出版社

图书在版编目（CIP）数据

漂移的家 / 蒙飞著 . — 南宁：广西人民出版社，2023.10
（广西当代作家丛书 / 东西主编 . 第五辑）
ISBN 978-7-219-11623-4

Ⅰ . ①漂… Ⅱ . ①蒙… Ⅲ . ①中国文学—当代文学—作品综合集—广西 ②散文集—中国—当代 Ⅳ . ① I218.67

中国国家版本馆 CIP 数据核字（2023）第 187926 号

GUANGXI DANGDAI ZUOJIA CONGSHU（DI-WU JI）PIAOYI DE JIA
广西当代作家丛书（第五辑） 漂移的家
东　西　主编
蒙　飞　著

出 版 人　韦鸿学
策　　划　罗敏超
统　　筹　覃萃萍
责任编辑　覃萃萍
责任校对　覃丽婷
封面设计　翁襄媛

出版发行　广西人民出版社
社　　址　广西南宁市桂春路 6 号
邮　　编　530021
印　　刷　广西民族印刷包装集团有限公司
开　　本　787mm×1092mm　1/16
印　　张　16
字　　数　199 千字
版　　次　2023 年 10 月　第 1 版
印　　次　2023 年 10 月　第 1 次印刷
书　　号　ISBN 978-7-219-11623-4
定　　价　48.00 元

版权所有　翻印必究

"广西当代作家丛书（第五辑）"
编委会

主　任　严　霜　东　西
副主任　钟桂发　牙韩彰　石才夫　韦苏文　张燕玲
委　员　朱山坡　严凤华　凡一平　蒋锦璐　潘红日
　　　　　田　耳　李约热　盘文波　王勇英　田　湘
　　　　　盘妙彬　丘晓兰　房永明

主　编　东　西
副主编　石才夫
编辑部主任　房永明

总 序

从2012年党的十八大召开到2022年党的二十大召开，这段历史，在党的二十大报告中，被称为"新时代十年的伟大变革"。这十年，以习近平同志为核心的党中央团结带领全党全国各族人民，迎来中国共产党成立一百周年，中国特色社会主义进入新时代，完成脱贫攻坚、全面建成小康社会的历史任务，实现第一个百年奋斗目标。历史性的胜利，彪炳史册。

这十年，也是中国文学界牢记习近平总书记嘱托，坚持以人民为中心的创作导向，从"高原"持续向"高峰"攀登的十年，是"文学桂军"锐意进取，不断夯实基础、壮大实力、提升影响的十年。

2001年至2012年，广西作家协会在自治区党委宣传部的大力支持下，精心组织，陆续编辑出版了"广西当代作家丛书"一至四辑共80卷本，80位广西当代有成就、有影响的作家入选该丛书，成为中华人民共和国成立以来广西文学界规模最大的文化积累工程，此举备受国内文坛瞩目。可谓功在当代，利在千秋。

从2012年至今，刚好十年过去。"文学桂军"在小说、报告文学、诗歌、散文、儿童文学等体裁创作上，又涌现出一批具有全国影响力的代表性作家，少数民族作家队伍的创作实力在全国处于领先地位。国运昌盛，文运必兴。编辑出版"广西当代作家丛书（第五辑）"，推出新一代广西作家，成为文学界共同的期待。

十年来，得益于自治区党委、政府的关心支持，得益于自治区党委宣传部的正确领导和大力扶持，"文学桂军"呈现出良好生态和健康发展势头，一批作家频频在全国重要文学刊物亮相，一批有分量的作品在全国各知名出版社出版。陶丽群获第十一届全国少数民族文学创作骏马奖，红日、李约热、莫景春获第十二届全国少数民族文学创作骏马奖，朱山坡、李约热分别获第七、第八届鲁迅文学奖提名，东西的长篇小说进入第十届茅盾文学奖前20名。十年来，据不完全统计，广西作家出版长篇小说、中短篇小说、散文、诗歌、儿童文学、报告文学等专集选集共600多部。一批作品获广西文艺创作铜鼓奖，《人民文学》《小说选刊》《民族文学》等刊物年度优秀作品奖，以及《小说月报》百花奖、花城文学奖杰出作家奖、郁达夫小说奖、茅盾新人奖、《雨花》文学奖、华语青年作家奖、《钟山》文学奖、《儿童文学》金近奖、"小十月文学奖"佳作奖、华文青年诗歌奖、三毛散文奖、冰心散文奖等，入选各类文学排行榜。"文学桂军"已然成为家喻户晓、有全国影响力的响亮品牌。

为进一步繁荣广西文学事业，全面展示党的十八大以来广西文学创作的丰硕成果及新时代广西作家的精神风貌，广西作家协会决定组织出版"广西当代作家丛书（第五辑）"。

该丛书的入选作者须具备三个条件：一是作者须为广西作

总 序

家协会会员，中国作家协会会员优先；二是近年来创作成绩突出，曾经获得全国性文学奖或自治区级文学奖；三是个人创作成绩显著，作品在全国重要刊物发表。在广泛征求意见基础上，经各团体会员推荐、广西作家协会主席团会议酝酿讨论，实行无记名投票推选，共评出入选作家20名。田耳、田湘、王勇英等作家，由于作品版权原因，遗憾无法纳入本次选编。一批作家近十年创作成果丰硕，由于已经入选前四辑丛书，本次不再选入。

习近平总书记曾多次指出，文运同国运相牵，文脉同国脉相连。文化兴则国家兴，文化强则民族强。当代中国，江山壮丽，人民豪迈，前程远大。时代为我国文艺繁荣发展提供了前所未有的广阔舞台。"文章合为时而著，歌诗合为事而作。"衡量一个时代的文艺成就最终要看作品。推动文艺繁荣发展，最根本的是要创作生产出无愧于我们这个伟大民族、伟大时代的优秀作品。没有优秀作品，其他事情搞得再热闹、再花哨，那也只是表面文章，是不能真正深入人民精神世界的，是不能触及人的灵魂、引起人民思想共鸣的。习近平总书记关于文艺工作的重要论述，已经成为广大文艺家的自觉遵循，内化于心，外化于行。收入本辑丛书的作品，内容丰富、题材广泛、风格多样，在记录伟大时代、反映现实生活、讴歌人民创造等方面，用心、用情、用力，很好地体现了以人民为中心的创作导向，集中展示了祖国南疆新时代蓬勃多姿的文学景象。

习近平总书记在党的二十大报告中指出，推进文化自信自强，铸就社会主义文化新辉煌。全面建设社会主义现代化国家，必须坚持中国特色社会主义文化发展道路，增强文化自信。坚持以人民为中心的创作导向，推出更多增强人民精神力量的优秀作品，培育造就大批德艺双馨的文学艺术家和规模宏大的文化文艺人才队伍。这为新时代新征程的文化建设和文艺创作指出了正确方向，提供了根本遵循。

当前，全党全国各族人民正在深入学习宣传贯彻党的二十大精神，满怀信心向第二个百年奋斗目标迈进。编辑出版"广西当代作家丛书（第五辑）"，可谓正当其时，也是贯彻落实《中共中央关于繁荣发展社会主义文艺的意见》和《中共广西壮族自治区委员会关于繁荣发展社会主义文艺的实施意见》，用文学助力建设新时代中国特色社会主义壮美广西的最新成果。

伟大时代必将激励、孕育伟大的作家和作品。希望广西作家和文学工作者，坚定文化自信，做到文化自强，坚守艺术理想，追求德艺双馨，不断增强脚力、眼力、脑力、笔力，以刚健、厚重、先进、质朴的创造抵达伟大时代的艺术高度。诚如中国文学艺术界联合会主席、中国作家协会主席铁凝所寄语的那样：广西文脉深厚、绵长，新时代新征程上，相信广西作家能以耀眼的才华编织崭新"百鸟衣"，描绘气象万千的"美丽的南方"。这是时代赋予我们的责任，唯有俯下身子，深入到火热生活中去，深入到人民中去，不断学习，不断攀登，以作品立身，以美德铸魂，方能不负时代，不负人民。

是为序。

石才夫

2022年10月31日

CONTENTS 目 录

奋斗者强

- 003　漂移的家
- 015　奋斗者
- 024　身边有群救援者
- 026　只要我们还能想
- 029　斗酒论球
- 031　节约的民间读本
- 034　宾阳公宾阳婆
- 038　与石头共舞
- 045　拍案共勉
- 047　诗人德清
- 052　重　生
- 058　悲喜相随
- 065　只有草是不死的
- 067　会总结的五叔

美丽家园

- 073　发现南方，发现美丽
- 076　扬美的明月，南宁的旧梦
- 082　正在叠加的宋村往事
- 087　海棠桥在念槎江
- 092　蒲庙故事主角
- 098　地灵可久处，人杰自风流

106　小城大丰

112　六月绿色的不孤

116　府城的意外与惊喜

123　明秀闻犹在，武鸣事远游

127　温厚鲜活的周鹿时光

132　花山蝴蝶飞

136　龙归斜塔

139　太平古镇

142　龙州故事

146　明仕读画

149　风雨人生桥来度

155　侗乡鼓楼

159　人住半间云住半间

164　夜听大歌

169　庞村的细节

172　三娘湾的夜

175　秋日德天

177　梦幻梦娥

180　西湾圆月夜

183　作客山中

187　围屋的乡愁

190　大沐大美

生活意趣

- 197　雅俗共赏话桂花
- 200　食指马山
- 204　百草汤
- 206　节日是生活的浪花
- 209　风情这一回事
- 213　神　树
- 219　酒香催熟稻谷
- 222　抢来的荣耀
- 224　乡野斗牛
- 227　能喝九碗最圆满
- 230　侗不离酸
- 233　南瓜大仗
- 235　十八年杉
- 237　天边听天琴
- 240　两棵树和它们的背影

- 243　后　记

奋斗者强

漂移的家

无根的家

三叔住的地方在南宁市友爱路。那是城乡接合部，有许多像三叔这样洗脚上田的农民，怀揣着身份证、暂住证，在那里生火做饭和睡觉，在那里摆摊卖果和卖菜，在那里摆人——等待老板来雇工。三叔摆地摊，卖青菜和水果。

三叔住的地方是单间，租的，不大；价钱，不便宜；有卫生间，很小。房东早些年也和三叔一样，是下田干农活的。这几年南宁城区扩大了，房东起了五层楼房，房东一家就不再干农活了，而是吃房租。三叔说，找到这样的房东不容易，有话讲，聊得来，连饭菜的口味都差不多。

四五年来，我每年清明节都过去接三叔，一起回周鹿老家扫墓。周鹿是南宁市马山县的一个镇，是我的老家，我的父母还在那里，活得好好的。那里还有我的兄弟姐妹。南宁，也可以说是我的家了，我在这里生活了二十五年，在这里读书，在这里工作，在这里买了单位的福利房，在这里娶妻生子。而三叔的家还在周鹿镇里龙村。南宁和他住的地方，用三叔的话来说，暂时还不是家。春节，三叔也是一定要回去的，三婶和他们大儿子一家还在老家，翘首盼望。

但三叔对里龙村那个家是不太上心了，三叔是铁了心要把南宁变成家的。他经常对我说："等买了房子，我就敢说南宁是我家，那样才安然哩。"

要在南宁买得起房，是要讲究一些韬略的，特别是像三叔这样的进城农民，更要积铢累寸、计出万全。好在三叔有着充沛的农民式的智慧。三叔在青年时代，凭着初中的文化底子和家族遗传的聪明，当了几年的生产队会计，颇得社员们的赞许。

三叔当会计的时候创造出几句名言，这么多年过去了，我还记得一句：烂肉不烂衣。

生产队时代，会计是队里的干部，在支书和队长之下，在全队几百号社员之上，算起来也是领导之一。当然，在考虑会计人选时，支书和队长早已考察了人选的出身和社会关系了，一要根正苗红，二要社会关系硬邦邦。当上了会计的三叔经常要接待上级领导，于是就有了一件的确良衬衣。这在当时是一件足以炫耀的事。

记得有一次我和小伙伴吵架，眼看着就要输给对方，我急中生智，我说："我三叔有的确良，你爸有吗？"对方当即哑了，耷拉下脑袋，我则转败为胜，得意洋洋。

一天，三叔穿着的确良衬衣和队长陪公社干部吃完午饭，队长说："我们要发扬连续作战的革命精神，马上进山为革命砍木头。"公社干部拍拍队长的肩头，鼓励两句，走了。三叔跟着队长和社员们走到山脚时，三叔脱下的确良衬衣，叠好，夹在腋下。同行人提醒三叔，赤膊走路，小心路边的野刺划破了皮肉。三叔凭着几分酒气，豪迈地说："宁可烂肉，不可烂衣，肉烂了还会长出，衣服烂了补起就难看。"

在今天看来，这是很可笑的事情，但在当时，的确是如此，大家都穷，都穷怕了。别说的确良，就是自己织的土布都不够穿。我们那有一句话形容穷得叮当响：光得像猴子的屁股。我以为，用这句话描述当时大多数家庭的贫穷，是一点儿都不夸张的。我想，正是因为穷，才促使三叔早早地挤进南宁摆摊赚生活了。除我之外，三叔是全村第一个在南宁有地方住的人。

我供职的报社出版房地产周刊，每期周刊我都送过去给三叔看，有时也在三叔那里吃饭喝酒。三叔很高兴、很得意，几乎每次都炫耀地提醒房东：我亲侄子在南宁，是记者，有文化。我送给三叔的几本书，三叔用牛皮纸很细致地包着封皮，整齐地摆在床头。依我看来，有文化是三叔永远的梦想了。三叔说得最多的是房子。他说本来还差六万元就可以买一套二手房了，哪知现在又差八万元了。房价一天一个价，像春天的邕江水，说涨就涨。

三叔说："涨就涨呗，我的水果价格也涨，我的青菜价格也涨，我儿子我女儿的工资也涨，我就不信我没有攒够首付的那一天。"三叔是个乐观的人，正是他乐观向上的态度使得他扎根南宁，融入南宁。里龙村人的城镇化是从村里到周鹿镇，再从周鹿镇到马山县城，最后从马山县城到首府南宁，一步一个台阶，而三叔一步到位，从乡村直接跨入首府。有点儿像我，从镇上的高中考入了南宁的大学，并分配在南宁，定居在南宁。

三叔的二儿子在南宁一个修车行修理摩托车。南宁是摩托车城，据说最多时百分之八十的家庭都拥有摩托车，有的家庭还不止一辆，所以三叔二儿子的工资是蛮高的。可三叔对二儿子还是摇头的时候多，他说二儿子用钱大手大脚，交到他手里的没有几个钱。三叔说："我也不要他养我，我是帮他存钱，早一点儿买下一套房娶上媳妇。"三叔对二儿子清明节不回家扫墓也是连连摇头。他说："现在的年轻人不知想什么，墓也不扫，老婆也不想娶，不知道以后该怎么办了。"

三叔的小女儿也在南宁打工，她在不同的美容院为不同的人洗脸，收入比她二哥差一点儿，但交到三叔手上的却比她二哥的多。小女儿买房的心情比爸爸和二哥更为迫切。她说："买了房子我就是南宁人，我的娘家就在南宁，我就能找到很好的婆家。"

三叔的三个小孩都被他费心费力费钱地送进了名校，可没有一个考上中专或大学。每年扫墓的时候，三叔经常抱怨说："我们的祖先里边是不是有一个独眼的？"我知道三叔指的是什么。树大分枝，爸爸这一枝是干部是读书人，三叔那一枝没有一个能念到高中毕业。

2007年除夕上午，三叔把我写的一副对联恭敬地贴在出租房的门口后，提着一个小包，坐着我的车，跟我一家子回里龙过年了。三叔的二儿子和小女儿都不回去。

那副对联是：太平真富贵，春色大文章。横批：安居乐业。

我不知道我为什么写这么一副对联给三叔，是对三叔的祝愿呢，还是自己的心境写照？

回家

我的想法和三叔、三叔的小女儿不一样。

不一样的原因大概是我比他们有文化。文化有时候会驱使人想一些东西，追问一些问题。比如，家是什么？住多久才算家？为什么写作？这些问题没有答案，与生活也没有直接关系。没有答案的问题多少显得有些酸气，酸气又反过来驱使我们无穷追问。

二十五年前，我在南宁落了户口，但我从来没有认为自己就是南宁人。每每有人问起我的老家在哪里，我都是随口答道："我是从周鹿来的。"尽管周鹿早已并入了南宁市辖区，高速公路开通后，从南宁到周鹿才一百公里左右，我要说我是南宁人也毫无趋炎附势的意味，但我还是乐意说我是从周鹿来的。说出"周鹿"二字，让我有一种家的感觉。

只有我儿子才乐意说自己是南宁人。他生在南宁，他父母的工作单位在南宁，他的同学全都是南宁人。他在南宁有血缘有人脉，有父母可以依赖，有表哥表妹可以来往通亲，有学缘血缘可以相互帮衬。南宁是他唯一的家，他的根就在南宁。我儿子能说："我能找熟人帮忙。"可我在南宁从来不敢这么说。在周鹿，我敢。在南宁，我所有的人脉关系没有一丝血缘基础，能够称兄道弟的也仅限于工作上和酒桌上的情谊而已。对于南宁，我想我这辈子都是一个过客，匆匆过客。也许，退休后我也会像爸爸一样叶落归根，回到周鹿，回到我亲切的故乡周鹿。

住多久才算家呢？我想，在南宁住再久，南宁也不是我的家。有这种想法的，还有一位作家朋友。

这位来自偏远县城的作家朋友在南宁打拼了二十年，总算出人头地了，但他也从一个滴酒不沾的文学青年锻炼成了好酒之徒，经常在酒桌上红着脸教育后来之辈："我们在南宁有什么？什么都没有！我们只有靠酒，靠酒来结交朋友。"这位朋友靠酒确实办得了一些事，但也被酒，或者说，被关系害成了"酒精"。这是异乡人谋求南宁认同所付出的代价。这位作家朋友喝多了就嚷嚷："我要回家。"他确实在酒醒时分经常回家，哪怕孑然一身，哪怕路途遥远。虽然他能以一个局外人的客观眼光洞悉城市的错综复杂和道貌岸然，但他的作品从不涉及城市，全是农村题材。他小时候的经历、家乡的现状、小镇的市井百态，都成为他乐意描述的对象。他讲起他的家乡，毛举细故，娓娓道来，引人入胜。在我听来那是神圣的、令人向往的。我认为，他是畏惧城市的，城市在他看来是陌生而可怕的。一个作家身居城市却回避城市，这是一个有趣的值得探讨的文化现象。

我也经常回家，回周鹿。回到那些曾经流连的地方再次流连，把那些曾经熟悉的事物再次熟悉。踏入不惑之年以后，回家的次数就更加频密了。有时候，莫名其妙地就回到家了。每次，父母兄妹都很高兴，我也高兴。回家，是不需要理由的。

父母老了，但老去的父母依然没有停止劳作，虽然爸爸的退休金和我们兄妹几个的孝敬足以让妈妈含饴弄孙、颐养天年，但妈妈还是坚持离开周鹿镇上的新楼房，回到里龙村里，侍弄几分田地，养鸡喂鸭。爸爸和我们都动员妈妈不要下地干活了，每次妈妈都答应得好好的，但第二天一大早，她又荷锄提篮出现在阡陌上。爸爸摇摇头，赶紧准备午饭。每次我回家，和爸爸准备午饭或者晚饭，等待妈妈下地归来的那一段时间，是最温馨最惬意的时光，那时我的内心很平静、很纯洁，我不再是什么身份的人，我只是一个纯粹的儿子。

树老根多，人老话多。妈妈变得有点儿唠叨了，但她说来说去，既不怨天怨地，也不指摘世道。她总说："人要知足，跟过去比，现在好多了。"偶尔，我谈起城里的高物价，妈妈就说："猪肉贵就少吃点儿，药价高就少开一两种药，死不了人的。"

爸爸话不多。爸爸在外工作四十年，退休后回老家陪妈妈，两老相依为命，自得其乐。城市和农村之间的差别，肯定会让爸爸有一肚子话，但爸爸从来不说。他当过二十年的兵，管过很多单位很多人，知道什么该说什么不该说。我在单位负了一点儿责后，他送给我一句话：群居守口，独坐防心。他说："当不当官无所谓，但是，不能失去统帅自己行为的理智。"

我有时做不到，觉得有些对不起爸爸。

在为人父之后，我慢慢体会到，父母多年前的教诲仍然很有道理，没有过时。便觉得，在没有英雄的年代，父母就是英雄。

父母知道我在城里以笔谋生，但对于写作，他们完全陌生。我给两老的解释是，写作，就是写书拿去卖钱，就像村里的木匠，做柜子拿去街上卖一样。妈妈笑说："你也是一个匠人。"

是啊，作家就是文字匠。

今年初，在我的动员下，爸爸当了一回文字匠，乐呵呵地写出回忆录，两万多字，思路清晰，满怀情感，颇具文采。想不到，73岁的爸爸竟有如此老到的文字功底。在这之前，他从没有在我们面前露过一手，我还以为他只会管人，别的不行哩。我那读高二的儿子看完爷爷的回忆录后说："我们家文科行理科不行。"文科是儿子的强项，但儿子还是坚持读理科。他的理想是读车辆工程专业，开一家车行，卖自己喜欢的汽车。

儿子大了，已经会规划自己的人生，选择自己将来的生活。我和我爸爸都不好说他什么。当初，爸爸让我学政治，说毕业几年后能当上个乡长也不错。我也没有听从，报了中文系。

是草袋换麻袋，一代强过一代吗？只有天知道。

天命无怨色，人生有素风。是啊，谁能规划别人的一生呢？我们无力改变什么。我们是坐在顺水漂流的船上，没有舵，也没有机会下船，我们只能跟随潮流走。

找家

写这篇文章时，梳理了自己二十年来断断续续的创作积累，发现自己竟然一步都没有离开过"家"。

二十年前我在《南宁晚报》发表的一首散文诗《哦，故乡》，就曾经急切地呼唤故乡早日摆脱发展桎梏，振翅腾飞：

一湾丽水，数双鸳鸯，细细渲染古朴与恬静；几枝瘦竹，半城旧楼，无语诉说历史和未来……哦，故乡，你不愿舍弃的太多，你的脊梁快累弯了，你穷于顾及脚下的凝重，没有看到同伴已远远将你抛下。请昂起你低垂的头颅，挺直你的脊梁，走吧，快走吧，离昨天远点，再远一点，离明天近些，再近一些……

那时的故乡刚从"文化大革命"中姗姗醒来，步履蹒跚，而外面的世界已经很精彩了。他乡早就甩下发展包袱轻装前进，跨进了改革开放的滚滚洪流，故乡却还在处理历史遗留问题，纠缠彷徨。我是有感而发，直抒胸臆。

三年后，我在一本以民族和故乡为主题的诗集里再次呐喊：

重返家园——回来吧，孩子。你寻求的过去已经存在。

这时正处邓小平南方谈话前期，故乡四处寻找发展方向，摸着石头却过不了河。我盼望故乡能够重返精神家园，鉴古而知今，缕清思路，看准方向。有道是：索物于夜室者，莫良于火；索道于当世者，莫良于典。在看不到前途找不到方向的时候，不妨回眸来路，看看古人在历史关头怎样抉择，怎样才能不重蹈覆辙，重新振奋精神。

去年，故乡在我的散文集里又是另一番景象了：

公路开到寨子了，隔壁家的姐姐到城里去了；山上的老树老得走不动了，但还是被城里人请到城里居住了。

二十年间，家乡巨变。砖瓦房不多了，取而代之的是二三层的砖混楼房，不再担心刮风下雨。但楼房都不是在原来的砖瓦房旧基上重建，而是在村庄四周择地新起，一家一栋，自成一统。砖瓦房留作牛栏猪圈，越来越颓败了。不再养牛养猪的人家，更加不理老屋，任由老屋坍塌，任由荒草蔓延，占据了原来人住的地方。故乡也变得令我陌生和敬畏，变得使我不愿再到左邻右舍串门。妈妈见我整天窝在家里，不再像以前一样串门，以为是我当了点儿芝麻官忘了本，对我絮絮叨叨。爸爸不吱声，我估计他在村里也没有说话的人。他能理解我。

哥哥在镇上开有商店，卖农机配件。跟哥哥聊起家乡的今昔，他很满意，说现在的农民好过多了，烧沼气煤气，不再上山打柴，也没有"双抢"了，过去紧张繁忙的抢种抢收，现在由"铁牛"三两下就搞定，农民也不再长痱子，这在二十多年前的生产队年代是难以想象的。

哥哥说，村民是不用那么累了，但还有别的累，就是用钱的地方太多，小孩的费用、人情往来的费用都在年年增加，变成了新的负担。到城里打工也越来越难找到有钱的活路，倒是有些城里人到农村找活路做了。这也是过去想象不到的。

还有我想象不到的。

今年大年初一，我一家子和哥哥弟弟坐车"行大运"，到隔壁的双联乡兜风。路很好走，新铺的柏油路面像刚浆洗过的衣服，有一股亲切的味道。家乡是变得越来越好了，哥哥说，现在不用烧砖烧瓦，山上的草草树树越来越密，上山扫墓都很难找到旧路，野猪黄猄也回来了。儿子说："这样好走的路，以后可以多回来几趟，看望爷爷奶奶，吃土鸡土鸭，吃周鹿米粉。"以前的砂石路是晴天一身土雨天两脚泥，儿子不乐意回来。

双联是壮瑶杂居乡，不大，乡府所在地是个小圩镇，年初一没有人摆卖东西，有些冷清，几个小青年在放鞭炮，头发染得红红绿绿的，证明这里跟外面是联通的。而更能证明这里与外面联通的，是圩亭外悬挂的一幅巨型标语：×××，我爱你，我用一生一世来疼你——古零村×××。标语足有一面墙那么大，大红的底布，斗大的黄字，招摇惹眼。标语下有两个老汉在下棋，几个围观者很热烈地支招，似乎对头顶上的浪漫见惯不惊了。

农村的浪漫与情趣跟城市接轨了。

现在的农村，爱情不再像过去那样需要对歌来发现和发展了，农村人也学会了像城里人那样直接表白，而且比城里人更为大胆。浪漫和大胆不再是城里人的专利。

哥哥说："现在的人不管干什么，都要图个快！"我深以为然，并认为这是对当下社会最朴素、最一针见血的说法。不是吗？城里人建个广场，已经没有耐心"十年树木"，直接买来成年的树木，一夜之间建起了一片森林。乡下人也一样，把爱情宣言挂上街道，直截了当。这样的缩略，不知是好事还是坏事。古人讲：贪看名山者，须耐仄路；贪看月华者，须耐深夜；贪见美人者，须耐梳头。

我们可以用化妆品和手术刀把脸修得无可挑剔，再造出一个个美女来。但在这些美女脸上，却怎么也找不到邻家姐姐的亲切模样。同样找不到的，是邻家姐姐的针线包，那能绣出金鲤鱼和红莲花的针线包。我们在享受现代化成果的同时，也遗落了几分天然的率性和老祖宗传承下来的老手艺、老行当、老节日。老天爷许诺给我们的幸福，似乎离我们越来越远。甚至，我们追求的往往不是幸福，而是追求让自己在别人看来很幸福。

过往的文学作品，城市与农村基本上是对立的，主人公在城里有了挫折受了委屈就想重返故乡，寻找田园风光，寻找"小芳"，农村成了精神上的退缩地、缓冲区，是想象中的精神家园。当初，我们以为"生活在别处"，想方设法离开农村，不再吃黄玉米，不再吃红薯叶。可在城市里生活了这么多年，又感到太累太受伤，城里还有着比黄玉米、红薯叶更为难吃的东西，于是又想华丽转身，回到农村去。可是，桃花依旧还是那朵桃花，人面却不再是那个人面，农村已不再是过去的农村了。

家之后

于我而言，故乡的真正存在是以父母兄弟的存在而存在的。我希望以后几十年，我都能心安理得地回到故乡去，回去看望父母兄弟，不需要任何理由。我希望我的父母兄弟长生不老，但，这只是愿望而已。我知道父母必将老去，生我养我的那座老瓦房也会有颓败没落的一天，直到看不出一丝有人生活过的痕迹。我们行走在消逝中，但我们有希望，有传承，这个世界是没有绝途的。

所以，我很热心地帮三叔找房子，甚至有点儿私心地只在我住的周围找，希望三叔将来的房子离我不远，方便我和三叔往来。父母是不会来与我同住了，偶尔来一次，三叔住得近的话，也好请他过来吃饭，或者方便我父母过去跟他说说话。乡情和亲情，还有别的感情，总有割断的一天，我能做到的，只是在割断前多做一些事情少留一些遗憾，尽人事听天命吧。

因为经历平淡，所以就让回忆灿烂。也许是我离开故乡后的经历平淡无奇，所以才特别看重在故乡的经历。故乡就是经历。离开故乡，在外为稻粱谋的我，就像一只在外漂泊的鸟，让岁月的风雨拔去一根根羽毛，而只有回到故乡，回到父母的屋檐下，才能安静地梳理被打乱的羽翅，等待新的羽毛长出。

现在，父母还在，家就还在，故乡就还在。我可以随时回去，在父母亲切柔和的目光下,在故乡平稳舒坦的大地上,看着羽毛一根根长出,看着伤口一天天愈合。

画家黄永玉给他的表叔——作家沈从文题写的碑文:一个士兵要不战死沙场,便是回到故乡。

是啊,故乡,对于一个士兵来说,是精神回望的地方,是精神的栖居地。对于一个写作者,又何尝不是呢?

我知道,总有一天故乡会在我心目中开始消失。那么,我是不是也就丧失了最后的一个依托呢?是不是会像竹林七君子那样醉里乾坤大,壶中日月长呢?或者,像法国新锐作家于格所说的:我们不在战场死去,就死在女人的怀抱里?我不知道。

都说成熟的人不问过去,聪明的人不问现在,豁达的人不问将来。我是三者都不沾边,所以茫然,所以忧虑。素来以为自己是一个一直向前走的人,近来却经常有着向后回望的怀旧愁肠。是否应了那句话:英雄到老皆皈佛,一岁年纪一岁心。

我也不知道。

(原载2007年11月号《广西文学》)

奋斗者

今年元旦过后第二天,"三叔水果店"临时关张大吉。三叔急匆匆赶回马山老家,赶着装修家里的楼房。那栋楼,3层,10年前就起好了毛坯房,但一直没能装修,空置着。元旦那天晚上,小儿子阿耀带女朋友过来吃饭,说他俩一起回马山老家过年。三叔顿时明白,这姑娘要改口叫自己爸爸了。装修楼房,喜迎新人,立马成为家里的头等大事。

三叔的"三叔水果店"开在南宁友爱路,生意不错。从行商升级到坐贾,三叔用了15年时间。17年前,三叔一头扎进南宁,毅然决然,用一副水果担子开始"揾食"(赚钱),一路奋斗,终于"过江龙浮头,牛角尖过界",当上老板了。店铺不大,10来平方米,当街。这是我们村人在南宁开的第一家店铺,村人都引以为豪,隔三差五到店里坐坐、聊天,小小的店铺,经常拥挤而热闹。我也经常过去坐坐,见见村人,吃吃老家的牛角蕉牛甘果,说说老家的新闻旧事，听听村人的喜怒哀乐。

阿耀同时跟着三叔来到南宁，在邕武路一家技校学习修理汽车。父子俩租住万秀村一间民房，房不大，价钱却不便宜；有厨房，有卫生间，但都很小。房东是本地人，早年和三叔一样，也是农民，赤脚下田。现在当上了"包租公"，皮鞋铮亮。三叔和他聊得来，聊的大多是桑麻农事、家长里短。聊天过后，三叔偶尔会有无名火，朝阿耀撒。第二天，三叔出摊会更早，收摊会更晚。那时的友爱路，有许多像三叔这样洗脚上田的农民，带着乡下人的实诚，在那里生火做饭睡觉，摆摊卖果卖菜卖力气。他们相信，凭自己一双手，能养活自己，还能有所结余，揣着回家建房娶媳妇，支付孩子的学费、生活费。

读完两年技校，阿耀进入南宁一家修车行修理汽车。那时候，南宁刚"禁摩"不久，家用轿车热刚兴起，阿耀工作很忙，收入也高，这让三叔萌生了在南宁买房的雄心。三叔说："买了房，阿耀就可入户南宁，大儿子的孩子也可以到南宁读书，这样下去，子子孙孙就全变成南宁人了。"三叔的乐观感染了我，我相信三叔一定会实现他的宏愿，因为除了乐观和肯干，三叔还很有头脑，跟得上形势。那时我在报社工作，三叔叫我每周打包一包报纸给他，睡前他会仔细看，连广告特别是房地产广告也不放过。

说三叔有头脑，是说他有充沛的农民式智慧。他跟村里其他人不一样，不走寻常路。别人的城镇化套路，一般是从村里到镇上，再从镇上到县城，最后从县城到南宁，一步一个台阶。而三叔一蹦三跳，直接到位，从村里径直跳到南宁。三叔的雄心和自信，来自于青年时代。年轻时，三叔凭着初中文化底子，当了几年生产队会计，后来当上队长。他敢为人先，在其他村子的民兵队名存实亡的时期，他却加强了本村的民兵工作，每晚带领民兵巡逻，村里夜不闭户路不拾遗。那时，三叔很自豪自己是"我们村里的年轻人",朝气蓬勃,干劲冲天,哼着《幸福不会从天降》,带领村人疏河道浚沟渠,修缮老戏台,颇得村人赞许。三叔还是文艺活跃分子,吹拉弹唱样样来得,劳作之余,组织村人举办文艺活动,自娱自乐,寓教于乐。三叔组织创作的劝善、劝孝、戒赌、戒懒的山歌,村人传唱了很多年。用今天的话说,那时候村里风清气正,山清水秀,充满了正能量。外村的姑娘都以能嫁到我们村为荣,嫁进来的媳妇,一个比一个俊俏。清晨,在河边洗衣裳的漂亮媳妇排成行,说说笑笑,嬉戏打闹。村小老师说,这是活脱脱的现代彩色版西施浣纱图啊,是村子这幅硕大山水画中最俏丽打眼的点睛之笔。

三叔深信,不下苦功花不开,幸福不会从天降,幸福是靠手靠脚奋斗出来的。这种实干思想,使三叔在实行家庭联产承包责任制后,甩开膀子大干一场。除了种好责任田,三叔还承租别人丢荒的田地。夫妻俩"吃三年薄粥,买一头黄牛",胼手胝足,节衣缩食,三年后真的攒下一辆玉林出产的"铁牛"。"铁牛"在耕种自家田地之余,还走村串寨为别人家犁田耙地、运送化肥水泥,三叔家境因此渐渐殷实起来,就扒下分家时爷爷分给他的两间泥巴房,起了五间明亮宽敞的砖瓦房,前有水,后有山,中间有天井,四周有围墙,气派十足。由此,三叔继当上队长之后再次成为村人学习的榜样。村人有样学样,纷纷买起小"铁牛"、小四轮甚至柳州卡车跑运输,村子成为县里闻名的运输村,扎扎实实富了起来。后来,搞代耕代运的人多了,钱没那么好赚,三叔脑筋转弯,从闲置的耕牛身上看到商机。他买下这些牛,用心饲养后卖给屠宰场,也有不错的收入。

三叔本来就不喜欢走寻常路,有了一点儿积蓄就不甘心待在老家。他说,老家地方太小,像斗笠,什么想象力也发挥不了,天天像陀螺般在原地打转,没出息。三叔敢说出这样的话,是有依据的。这些依据,来自国家政策。多年来，国家持续实施农田基本建设工程，村里的田地得到平整，河道沟渠得到疏浚，山塘得到修缮，水田有水灌溉，旱涝保收。家里那四亩多水田，有三婶和大儿子大儿媳侍弄，全家粮食安全不成问题。三叔坚信，国家正在稳步发展，长治久安，土地政策不会有大的改变，他完全可以安心外出，开创一番新事业。就这样，他带着阿耀，双双"进军"南宁。

像三叔这样的进城农民，要在南宁买房，不但要积铢累寸，更要讲究韬略，计出万全。起早贪黑省吃俭用自不必说，关键还要沉得住气。有时，我见三叔气呼呼撂下担子，黑着脸，喘着粗气，真担心他跟人干起架来。三叔反倒劝我放心，说气归气，自己发泄一下就过去了，他不会逞一时之气跟人动粗的。他常跟我说，长安居大不易，大家都要牢记"能让终有益，忍气免伤财""忍得一时之气，免得百日之忧"。三叔看得开、想得远，让我欣慰放心。偶有空闲，我买酒买菜到他的蜗居跟他对饮。酒后的三叔有些啰唆，说得最多的是房子。他说："城里的房价，像春天的邕江水，说涨就涨，一天一个价。"更多时候，三叔抱怨完房价，又自我安慰，自言自语："涨就涨呗，我的水果价格也涨，我儿子的工资也涨，吓不倒我，我就不信没有攒够首付的那一天。"面包会有的，牛奶会有的，一切都会好起来的。

是的，一切都在好起来。2008年，三叔手上有了15万元，其中8万元是他卖果的积累，5万元是阿耀工资的积累，2万元是三婶和大儿子大儿媳养牛养猪的积累。我以为，三叔肯定会在南宁按揭一套房，实现他的雄心。另外，阿耀也到了谈恋爱的年纪，房子是未来丈母娘的刚性要求，为婚姻大事置办一套房在情理之中。谁也没想到，三叔却执意回老家起了一栋3层高的水泥楼。对此，阿耀很不理解，说："房子不买也没什么大不了的，但拿这15万元盘下一间铺面，开一家水果店更好啊，既能免受风吹雨打之苦，又能保值升值。"我理解三叔，他这是对三婶和大儿子一家人的交代，也是对全村人的交代。往小里说，这是在村人面前要面子，往大里说，这是家国情怀，是一种生命自觉和责任担当。知责任者，大丈夫之始也；行责任者，大丈夫之终也。从这件事开始，我更加理解和佩服三叔，觉得三叔骨子里是真正的大丈夫，有原则，讲道义。我自己也开始考虑，尽早回去翻修爸妈居住的老屋，让爸妈住得更明亮舒心些。甚至想着叶落归根，退休后回去陪父母，种菜养花，写一本类似《中国在梁庄》的书，真实反映乡村全态。

起了这栋楼，三叔又囊空如洗，但我看得出他内心是满足的，人也更精神了，不再指摘世道。这栋楼，被三叔从各个角度拍了个遍，照片存在手机里。三叔时常翻出来看，边看边哼唱山歌，像艺术家欣赏自己的得意之作，沉醉其中。有时，三叔也划拉出来给房东看，甚至给顾客看，自得之情溢于言表。他跟房东感叹说："不用吃三年薄粥，就能起得一栋楼，这个时代勤劳真能致富，社会是真的越来越好了，生而逢时，大家都要感谢这个时代。"

这时候，来南宁打工的村人更多了，村里的"打工楼"也更多，村内道路也越来越好走。三叔更加沉心静气，一心一意筹谋阿耀的房子。日子像流水，有蜿蜒有漩涡，但更多的是静静流淌。太平盛世，岁月静好，波澜不惊。到2016年春节，三叔又积攒下了20万元，阿耀的房子再次被提上家族议事日程。谁知，阿耀却背着三叔，盘下了明秀东路菜市门口的一间水果店，他拿出5万元，"逼"三叔拿出15万元，交齐了转让费。起初，三叔说什么也不愿意，他固然知道阿耀的苦心，知道阿耀长大了，懂得孝敬关心父母，但阿耀已经老大不小，婚姻大事耽搁不起，买婚房已成燃眉之急。阿耀开玩笑宽慰三叔："爸爸你都当上老板了，还用担心没有儿媳吗？"

水果店开张当晚，三叔在店门口摆流水席，遍请在南宁的村人，当干部的、打工的、当兵的、读书的，不论男女长幼，全请，而且贺仪全免。大家大块吃肉，大碗喝酒，大声说方言，恣意纵情。酒到酣处，有人唱起山歌，立马有人应和。粗犷高亢的山歌声回荡在街道楼宇间，围观者里三层外三层。这场景，是我自1983年离开家乡后第一次遇见，触景生情，一股暖流在体内四处奔突。我悄悄挤出人群，倚靠一棵桂花树，仰望星空，任泪水长流。30多年来，在南宁读书，在南宁成家立业，自以为饱经磨砺，看透世事，难以伤情，想不到，一席乡音，一场山歌，就轻而易举撬动了内心深处最柔软最敏感的生命之门。看到这么多村人这么自豪这么有底气甚至有点放纵地讲着方言，唱着山歌，我想着，正是这个时代赋予的思想和机会，以及宽容，乡亲们才能如此理直气壮地撒一把野，在家门以外的大地方，毫不胆怯地、酣畅淋漓地流露真情。诗言志，歌永言，正是无数个这样的乡亲，我的乡亲，你的乡亲，他的乡亲，共同引吭高歌，才奏响了这个时代之歌的最强音。

今年春节，我带着调研任务回家，在村里住了6天。这个任务是自治区党委、自治区人民政府部署的，要求机关党员干部利用节假日回乡助力"美丽广西"乡村建设和脱贫攻坚战，助推全区乡村振兴战略实施，围绕农业发展质量、乡村绿色发展、兴盛农村文化等开展调研，收集社情民意、撰写调研报告。6天里，我把7个邻村走了一遍，看山看水看田野，极目所至，村村绿树环抱，岭岭郁郁葱葱，村人说山鸡、野猪、黄猄又回来了。跟乡亲们拉家常，听他们毛举细故，看他们的谷仓和冰箱，真切触摸社会的脉搏。整体上看，家乡在不断进步，每年都有新变化，群众生活水平在不断提高。这两年最明显的变化是网购和移动支付成了生活常态，中青年妇女们的广场舞水平跟南宁的有得一比了。大年初一在村文化中心举办的广场舞比赛，无论是音响、灯光，还是舞美和舞技，一点儿也不逊色于南宁城区组织的。诚然,空心村、贫富差距、鳏寡孤独者养老等老问题依然存在,但没有人否认社会是在不断向前发展的,交通、住房的发展最为显著。

我就农村人口流失问题,与村干部、退休回家养老的干部、在城市工作的白领分别深谈。一位在北京读大学在深圳就业,有了深圳户口的村人说得颇为中肯。他说,"乡土中国"正在向"城乡中国"转型,转型期肯定会出现一些问题,但这是社会发展的必然。一个人被束缚在一个地方,阶级固化,无法获得改变的机会,向上的通道被堵死,也不利于社会进步。正是因为工业化城镇化,给农村人口提供了合理流动的机会,很多农村人才能进入向上的发展通道。打破城乡藩篱,允许每一个人自由地在城乡间流动,这个社会才能充分发挥个人能力。如果以行政或者法律手段,把农村人从城市赶回农村去,借以解决留守儿童、老人养老等问题,那是下下策。

在撰写调研报告时,我上网查阅资料,也作了一些思考。千百年来,中国城与乡的关系,几经相安无事,几经壁垒森严,几经撕扯纠葛,波澜壮阔。时代发展到今天,不能再继续沿用"中心与偏远""文明与落后""进步与保守"这样宽泛的概念来简单定义"城"与"乡"了,乡村的走向与趋势,已经关乎中国的社会进程。村子空了,人口少了,传统的乡村文明日趋式微,这不可否认,但显然,农村已经摆脱了从前那种只能依靠土地糊口的困境,越来越多买车或到城里买房的农村人,证明了依靠打工或其他非农业收入能改变村人和村子的状况,通过把劳动力从土地上解放出来,农村逐渐跟得上时代的发展。随着"美丽广西"、脱贫攻坚等政府主导的系列惠民工程不断推进,农村的变化更加明显,农民得到的实惠更多。其中,最主要的是有了政府的组织指导,其次是有了市场机制的持续推动。要辩证看待问题,我们在享受现代化种种好处的同时,也要接受它同时带来的问题,既不能片面归罪于现代化本身,也不要相信从头再来是更好的选择。现代化带来的问题,只能通过深化改革,不断建立新的应对机制,不断制定新的规则来获得解决,在不断摸索调整中前进。

三叔请了两个装修队日夜赶工,终于赶在过年前把楼房装修好了。除夕夜,家族几家人聚在一楼大厅吃团圆饭。三杯过后,三叔站起来,朗声笑道:"阿耀的婚姻大事解决了,但还差一套房子,我手头攒有一笔钱,但还不够首付,还得请大家帮帮忙。"阿耀憨厚地笑笑,用眼神示意他媳妇。他媳妇大大方方站起来,环顾一圈后说:"爸爸妈妈,各位叔伯兄弟,我和阿耀商量好了,决定暂时不考虑买房。现在县里大搞旅游,东边有弄拉生态旅游景区、小都百乡村旅游区,西边在开发永州暗河、龙灵洞。我们村地理位置得天独厚,是东西两条旅游线的交汇点,路过的游客很多。以我当了五年导游的眼光来看,改造老房子做民宿,吸引游客来度假住宿,应该很有前途。我们还年轻,应该先干点儿事。开春后请妈妈和哥嫂住进楼房,腾出那五间老房子。我们出一部分钱,爸爸哥哥再支持一点,大家一起来改造老房子。开年后我争取带旅游界的朋友来考察来投资,最好能带动整村连片开发,把我们村建成自行车骑行宿营地、特色体育小镇,顺带搞搞生态农家乐旅游。"

我带头鼓掌,大家都高兴地跟着鼓起掌来。我鼓掌的目的,是赞赏和激励年轻人有想法有干劲有作为。喝最后一杯大团圆酒时,三叔总结说:"布袋换草袋,一代胜过一代,强!"饭后,微醺的三叔惬意地坐在火塘边,看三婶和大儿媳包粽子,得意地哼唱山歌:"正月是新年,阿哥去赚钱,二月龙抬头,带妹去旅游……"

初六早晨,我离开老家。池塘边木棉花开,冬天就要过去了。屋宇与山脊的轮廓线柔顺接合,春风浩荡,树梢俏皮掠过屋顶,来来回回,弹奏着柔美的乡村小调。新的一年，家庭之悲欢，国家之强弱，社会之冷暖，无论巨细繁简，都需要我们有足够的信心和耐心来面对来体察。回来的车上，我给阿耀夫妇发微信：理解生活，与生活达成谅解。幸福和美好生活不会从天降，一切美好的东西都是创造出来的。唯奋斗者进，唯奋斗者强，唯奋斗者胜，唯奋斗者无悔。成功将属于勇毅而笃行的你们。

这篇文章成稿时已是三月三，春水清明，春林茂盛，万物生长，世界前行。三叔更用心经营水果店，生意更好了。阿耀来电说，老宅改造项目进展顺利，园林设计师已进场开工，村里有几个年轻人也跟着改造老房子，美好前景，指日可待。

（原载2018年9月11日《广西日报》）

身边有群救援者

我供职的单位有专业应急救援队伍，专事矿难救护。他们像预备役士兵一样，平时上班、演练，矿难发生即奔赴事故现场展开救援。

与他们接触久了，我发觉他们越来越寡言。都知道他们是有故事的人，历险故事、救人壮举、令他们感动或被他们感动的故事，有一大箩筐，值得宣传，值得写一本书来记载，但是他们从没有张扬的要求。有记者采访他们，他们淡淡一笑，避重就轻，不愿深谈。

云南鲁甸地震发生后，他们更加沉默了，默默地，在值班室一遍遍检查行装，时而看一眼电视的现场直播。电视机的声音开得很小，播放到一位姑娘去世时还保持着救人的姿势时，几名队员将脸别到一边，闭上眼，任泪水长流。一个队员低头跑到走廊尽头，扶墙抽噎。我过去，轻拍他，他看着远处说："这样的场面虽然见得多，但还是忍不住要落泪。"

记得2008年汶川地震刚发生时，一位作家给我发来短信：快看地震新闻！此前我已看过，回复他：无缘大慈，同体大悲，悲天悯人。当晚我们几个聚在一起，默默守着电视，相互疗伤，相互安慰。一位诗人斟满一杯酒，虔诚地洒向窗外的天空。良久，他回过身来，满眼泪花，说："大自然是在用它的方式迫使我们领悟生命的沉重，是用一种冲突的方式暗示我们要善待自然和生命。"大家深有同感。在大自然面前，人类都是渺小的，唯有精神的支撑，人类才顽强坚持到今天，生生不息。也只有人类精神的高度，可以超越大自然的高度而永生。

鲁甸地震的抗震救援理智而有序，这应该得益于不断修订完善的各类应急救援预案和措施。汶川地震后，各地更加重视应急预案的编修，救援物资的准备。一个聪明的民族，从灾害中学到的东西会比平时多得多。

这几天，与救援队员一起值守待命。看着顺畅有序的救援行动，队员们脸色舒缓了许多。一个队员说："自然灾害不可避免，但灾害带来的损失大小，取决于救灾的组织协调能力强弱和次生灾害是否发生。"

8日，取消待命的指令传来，队员们排着队，谦恭地走向捐款箱捐款。他们说："这是对灾区的一份支持，也是对在灾区工作同行的尊重和祝愿。"

（原载2014年8月12日《广西日报》）

只要我们还能想

岁晚，冬寒，冷雨。

六位文友书友围炉，于微醺中看嫦娥三号翩然而去，赴千年之约，美丽至极。

不仅仅是酒精和荷尔蒙的刺激，谈兴渐浓，有人推开夜的窗，仰望苍穹，若有所思。窗下是南宁的快速环道，车水马龙，拖曳城市的节奏。望天，望地，望远处迷蒙的青秀山，出现了短暂的沉默。有三个人在翻弄手机。突然有人抬头开口：尘俗之人，在解读登月之前，必须抛开伟大与渺小，理想与现实的固有概念，重新理解世界和人类，理解别人有别于自己的特质，理解人类的想象力。

由此转折，添酒回灯重开"言"。

一个小说家接话：人类就是靠着想象力活到今天，有脑的东西都是如此，我们想象着明天更美好，世上还有许多奥秘，我们才能迈开步伐，探索不止，梦想不停。

大家鼓掌，神情盎然，玩手机的也收手了。

一位诗人说：低头匍匐，是看清来路；仰望星空，是明确方向。失去想象力的民族是难以想象的。

另一个小说家说：卡夫卡为什么难以逾越？是难以逾越他的虚构能力和想象力。他虚构了一个我们想象不到的世界，就像我们古代神话，如精卫填海、女娲补天、夸父追日、愚公移山、嫦娥奔月，这些是神话，又不只是神话，嫦娥奔月我们不是做到了吗？

一位到过西昌看过卫星发射的诗人说：与理工科相比，文学艺术界的想象力逊色不少，循规蹈矩的多，开拓创新的少。一部电脑，你想要的功能，工程师都能开发出来，文学作品却是模仿抄袭成风。莫言获诺贝尔文学奖，很大成分是对他想象力的肯定。他的红萝卜是透明的，他创造了一个艺术世界。

这时，我想起了莫言的"莫言"：很多人在用他们的想象塑造着另一个莫言，所以我是跟大家一起来围观大家对莫言的批评和表扬。但是我没有说出来，我想起了大明山天坪。

大明山是壮族民间传说中最高的山，离南宁不远。山顶有八块天然大草坪，约有两百亩，地表石板上有许多神秘未解的线条，似图非图，似字非字，似人工雕刻又似自然形成。民间传说中，这里原来有一根大柱撑着天，不给天塌下来。后来，壮族英雄布伯与雷王争斗，雷王发威天下大旱，布伯顺着大柱爬上天去大闹天宫，雷王大怒，挥剑砍断了大柱，留下这一块桩面。还有一个传说尚未形之于文，口头流传在马山、武鸣一带，说这块天坪是古代先人登天和仙人下凡的地方。这与古巴比伦的巴别通天塔相类似，这是古代的航天基地。

只有古代才有神话，但把神话当笑话看待，那真是笑话。美国航天员在月球上寻找兔女郎的轶事值得分享和探究：有人要你们在月球注意一个带着大兔子的可爱姑娘。在一个古老的传说中，一个叫嫦娥的中国美女已经在那里住了四千年，你们也可以找找她的伙伴——一只中国大兔子。这只兔子很容易找，因为它总是站在月桂树下。

电视里，解说员在激动，我们也跟着激动。一位散文家说，这是今年人类的新高度。

座中的书画家坐不住了，入室挥毫，书写六条中幅：我欲乘风归去。他提醒我们，六个"我"都不一样，这就是想象力，也就是实力。

临别，我说，太阳开始新的夜晚，月亮开始新的白天。什么都不会结束，只要我们还能想。

（原载2013年12月19日《广西日报》）

斗酒论球

七八个作家，都是能说会道的主，兼半拉子球迷，像兄弟般聚在一起看世界杯，好耍！

当然少不了酒。往往是，还未开场，就有一两个喝高了，说没有曼联的世界杯像是缺少了姚明的中国足球队。搞笑。待到"收单"，醉者才半醒，问交战双方是谁来也？所谓收单，即赢者明晚可来白食，相当于AA制。有投入才有感情，大伙这才认真看球。说是看，其实是听，总有那么几个争着说——说球、说人、说事，甚者扯到窈窕淑女君子好逑，勾连古今，贯通中外。这哪里是看球，分明是论坛，狗扯羊肠，却也没有人退场。有人总结，世界杯是个聚会由头而已，大家拢在一起，主题和目的是相互烘干被雨淋湿的羽毛，借世界杯的啤酒浇心中块垒。一年有一次世界杯才好，出门不用请示夫人，步子迈得冠冕堂皇。古时文人相约赏菊煮酒，当今文人以球邀友买醉，一脉相承。这是前几届世界杯的旧事了。

本届世界杯，作家们与时俱进，收住了离家的步子，在家看闷球。但这只是表象。借助众多的即时通信工具，像QQ、微信、微博等，作家们忙得手指翻飞，不亦乐乎。他们说得比往届更多，更枝蔓，无远弗届，也更体现个人特色。一位在播音系当教师的作家，嫌打字慢，直接上声音，一部手机开QQ，另一部手机开微信，全程语音直播，激情充沛且字正腔圆，堪比央视五套。一位远在贵州六盘水的散文家，功课做得很足，开场前两个小时即进入文字直播状态，探赜索隐，钩沉过往，旁征博引，机锋无限。偶尔，一字点评，深得妙要，直指命门。且三分钟更新一次，忙得我等看客忘了电视，只顾刷他的屏，半场球下来，手指比眼睛还累。

　　我自诩现代守旧者，既看电视直播，也看QQ和微信、微博。这次看球套路是，下午下班后，钻进南宁老城区某条小巷，寻得几样满意食材，叫弟弟来家里。弟弟是铁杆球迷，大学时是校队前腰，现在是半个美食家，会弄菜。他弄菜到晚上九点，兄弟俩方才坐下，边吃边看电视。时不时，我会打开手机，转述作家们的"球经"，弟弟不置可否。太离谱的话，他会笑说："内行看门道。"纵是如此，他买的足彩却总是输多赢少，到了半决赛，他坚决住手了。没有胜负心，他的解说理性多了，兄弟俩看球轻松自在，像是在看一幅与己无关的好画。由此，我也更有了关注手机的闲心，想不到，几位女作家也加入了侃球行列，点评感性且悲悯，不问大势，只惦记偶像的伤情，令我等自叹粗人一个。

　　凌晨两点结束第一场球赛，兄弟俩的饭局也延宕到彼时。手机里，散文家还在总结过去和展望未来。弟弟说："人都是害怕孤独的，你多给这位散文家点赞。"想想自己何尝不是如此，又拿起了手机。

（原载2014年7月10日《广西日报》）

节约的民间读本

壮族有一句老话，说的是，即使家住大河边，也要节约用水。少时不理解，以为是大人的唬人把戏，把人说怕了，现在上了年纪，才逐渐理解，老话有老道理——即使大河不断流，人也会有老了病了的一天，挑不了水，没了水喝，所以，挑到水缸里的水，要节约。现在，老道理重放新光芒，管得住更大更新的问题——大河会有断流的一天，会有被污染喝不得的一天。

对节约，父亲有别样的诠释。

早年间，父亲退休，在城里无所事事两个月后毅然回到农村老家，修缮老屋，开挖鱼塘养鱼，打理祖传茶园，在茶园边上种树。树是樟树。怎么会想到种樟树呢？樟树成材慢，不像速生桉，疯着长，三四年就可以砍伐，换来钱。父亲说，人老了，要节约着长，像樟树那样，长得不慌不忙，沉静得很，不招虫，能抗风，长成后自成风景。现在，二十多年过去了，樟树已经成林，颇具气宇轩昂的架势。父亲也不老，耳聪目明，而且更加淡然，不温不火，像老樟树。对生死大事，他看得很透。他交代我们说："樟树是上好木料，我到了那一天，只准用一棵樟树做寿材，你们母亲喜欢的话，也用一棵。"

一些道理，是要到老了才明白。明白并付诸行动，也不晚，也是另一种成功的人生。

想起了一则逸闻。人民公社年代，电影放映队到生产队放映电影，映前照例请队长讲两句。队长对放映员刚才在饭桌上的挑瘦剔肥已经心存不满，借机批评："浪费是极大的犯罪，专门吃瘦肉不吃肥肉，更是罪上加罪。"全场笑了。放映员知错了，接过队长的话头，掩饰说："是的，浪费是极大的犯罪，是其他大队，不是我们大队。"此后，放映员下来放映电影，有什么吃什么，不再挑挑拣拣了。队长说："这就对了。"又说："从一块肉上可以观察到一个人的思想境界。"

其实，我们的节约教育自古有之，汗牛充栋，并已成为较古老的传统之一，沁入血脉。曾经在古玩市场见到民国时期的婚书"龙凤帖"，右边页是龙凤的姓氏年龄，左边页是"一粥一饭，半丝半缕"。

认识的一位书法家，"静以修身，俭以养德"是他的珍爱，每每题予他人，也是自勉。虽富甲一方，但却布衣陋食，平和谦逊。一家人受他影响，做人做事很是低调，尽孝尽忠，绝不跋扈。当地人家都以他为楷模教育子孙。

只是，知易行难。某官员请名家题写"历览前贤国与家，成由勤俭破由奢"，装裱精致，挂于办公室，讲话和报告也常常引用此句教育群众。可惜，他却因奢而贪，因贪而破。

悲观论者哀叹，穷人以他的生存欲望，富人以他的生活方式，正在联手毁灭地球。乐观论者倒是清醒，倡议给地球一百万年的时间，地球就能恢复最好的状态。是的，一百万年对于地球来说，是一刹那，可是，人类怎样度过这一百万年啊？怕是如此暴殄天物、浪费地球资源，地球终有被废了的一天。这一天何时到来，将由我们人类来决定。霾来了，久久不去。专家说，霾，是过度消费石油、煤炭、森林的结果。有人戏称，世界上最遥远的距离，是我站在你面前，你却看不到我。

好在，有钱人也跟穷人一样，用"艰苦奋斗勤俭节约"来教育后代。但愿，人生不满百，常怀明日忧。

（原载 2013 年 2 月 22 日《广西日报》）

宾阳公宾阳婆

宾阳公

小时候，每到大年初一，我们都要挨家挨户给大人拜年，我们说"恭喜发财红包拿来"，大人就说"学习用功超过宾阳公"。现在知道宾阳公就是蒙大赉，宾阳县宾州镇人，明嘉靖二十九年（1550年）中进士，官至尚书郎中，为朝廷屡建功勋，被封为"国舅"。

学而优则仕是封建社会选拔济世经国人才的圭臬，当然也有可诟病之处，但是鼓励"好好学习天天向上"则是无可指摘的。几百年来蒙大赉已经成为宾阳读书人的偶像，有关于他的诗联故事流传坊间。

十年寒窗无人问，一举成名天下知的佳话在现代的宾阳又浓墨重彩地再现，宾阳人又有了一个真实可亲的榜样——程思远副委员长。

程副委员长年轻时在宾阳县城读书，值李宗仁先生率国民革命军第七军北伐，路过宾阳招收部队文书，程副委员长与七十多名学生应试，以一短篇文告荣登榜首，从而投笔从戎，成就一生政治抱负。

官至公卿的宾阳人当然可以引以为荣，但缔造宾阳历史并将辉煌延续的平民百姓才是宾阳大地的坚实基石，更值得丹青勒石。

最早认识的宾阳人是卖鞭炮的"宾阳叔叔"，那是在二十世纪七十年代中期。我们一帮"鬼崽头"在寒假里最盼望的两件事是，生产队杀年猪和卖鞭炮的"宾阳叔叔"的到来。要是这两件事凑巧碰在同一天，小山村可就热闹了。大人们在河边杀猪分猪肉，我们这些"鬼崽头"在家翻箱倒柜，找出牙膏、皮胶鞋底、鸡毛、鸭毛，交给"宾阳叔叔"换鞭炮。鞭炮堆在板车上，板车是叔叔拉来的。那时候不晓得"宾阳叔叔"卖鞭炮还带着锅头自己煮吃，还借住在生产队的猪潲房里。1987年因公从马山经上林到宾阳，才知道行路的难。当年"宾阳叔叔"可是一步一步拉着一板车的鞭炮沿路叫卖的啊，从宾阳到马山可是一百多里地。

参加工作以后认识的宾阳人就开始多了起来。再认识宾阳人是在宾阳的乡间小路。"宾阳叔叔"骑着单车驮着五个大水缸！我的天，那个水缸大得能装两挑水！远远地我们就侧身让路，暗暗担心的同时也佩服"宾阳叔叔"的胆大技高。要知道，水缸是泥巴做的，一摔就碎啊。

这几年南宁的宾阳人逐渐多了，大多都是普通的宾阳百姓，给人的感觉是宾阳人深得中华文化精髓——务实、宽容，且敢为天下先。

在宾阳县，保存完整的始建于清初的思恩府科试院和现代化的商城并存不悖；历经"文化大革命"而幸存的两千四百间"考试棚"和平坦宽敞的宾阳中学相得益彰；修旧如旧的"恩荣坊"和"一手抓稳定一手抓发展"的标语牌交相辉映；传统手工艺的壮锦和现代化的"恒安纸业"

同街竞技。从宾阳中学修建过街地下通道就可管中窥豹——宾阳既重视教书育人又尊重商贾民生，士农工商各得其所、安居乐业。

宾阳婆

"宾阳公"是一个句号，他代表宾阳人民的过去；"宾阳公"是一个括号，他将诠释和演绎新的宾阳人民史。

宾阳婆是妇女队长，住在村东头。她喊出工不用喇叭，当时村里是有喇叭的，放在她家里。她爬上她家的墙头，喊了几声，全村人都听见了。她不经常喊，但一喊，出工的人最齐，强过男支书。

这是二十世纪六十年代末的事了。一个从宾阳嫁过来的媳妇能当上队长，领导两百多村民学大寨，在当时的马山县是"活学活用"的典型。火车不是推的，典型不是吹的，1969年我们村就能用上电灯，还有几户人家买了缝纫机，我家里的就是上海牌缝纫机。

宾阳婆的年纪还没有到"婆"的地步，她的大儿子与我同年，那她就是三十大几四十出头吧。村里人叫她宾阳婆——尊称。宾阳婆跟我们讲壮话，跟爷爷奶奶讲宾阳话。长大了才知道我们村是从宾阳来的，已经几代了。周围村的人都讲壮话，我们小辈的也就讲壮话。我们那里壮族的习俗是男女不同桌吃饭的，唯独我们村没有这种习惯，还选妇女当队长，现在看来是领得风气之先，沾得宾阳之光。

宾阳婆当队长蛮久的，实行家庭联产承包责任制后还当了几年。生产大队改为村委后，宾阳婆多方努力，村部移到了我们村，建起了街道，开办了商店，宾阳婆也"退休"了。宾阳婆真正是老婆婆了，但每天都要在街道上走上一圈，腰板还是直的，嗓门没有以前那么大了，是她老了呢，还是街道的嘈杂声盖过了她的声音？

去年我回宾阳祭祖，竟意外地见到宾阳婆。她说她跟村里的男人们回来，主要是想把这帮当家的介绍给她的兄弟认识，她兄弟开了几个厂，看看能不能"招商引资"到村里去。

"招商引资"四字出自七十多岁的宾阳婆之口，令我再次领略到宾阳人丰厚的人文底蕴和真切的时代气息。

（原载2003年11月12日《广西日报》）

与石头共舞

像是赶赴早已承诺的邀约,一个个绿粽子般的小山,连绵起伏,集聚到广西这片雨水丰盈的南方大地。这些小山是要赶海去的。他们原本是一群动物,马、牛、羊、猪、狗、猫、公鸡、骆驼、大象,应有尽有——山里没有盐,他们要到海里把盐带回来。他们已经听到阵阵涛声,再走几步就到南海了。可是,到了广西,刘三姐美妙如仙乐般的歌声,委实太动听、太迷人,他们忘记了使命,停下脚步,不走了。他们太迷醉了,最终沉迷成山,千秋万代扎根在这里听山歌。后来,山上长出了翠绿的树,招来了清凉的雨水。有山,有水,成就了广西的山水美景。

广西的大部分城市都可以叫作山水之城,依山而建,临河而居。最具代表性的当属桂林,城中有山,山中有城,山环水绕,山水相依。"江作青罗带,山如碧玉簪"是她的真实写照。何为山水美景?到了桂林就知晓。

其实，广西有很多地方别称"小桂林"。一个个粽子般的小石山，馒头般的小石山，随意地摆着姿势，百态千姿。山头与山头之间是丛深洼地。这样的地貌，地理书上叫作喀斯特地貌。如果有水，水把一个个洼地像串珍珠般连接成一条河，那就是风景画了。水从山中过，山在水中游，沿河两岸奇峰挺拔、秀水潆洄、翠竹婆娑、清流倒映，山光水色，景色一点儿都不逊于桂林，不是桂林，胜似桂林。像边陲的靖西、德保，红水河沿岸的大化、马山、来宾，以及桂西北的宜州等地，这样的人间胜景比比皆是。这些地方，得天独厚，山与水完美相依，滋养着这方水土的智者仁者。

按地貌划分，喀斯特的三种形态——裸露型、覆盖型、埋藏型，广西都囊括了。并与相邻的贵州、云南连成片，这一区域成为世界上面积最大的喀斯特地区。一块石头摆成景，是艺术；一堆石头摆成一片景，是神奇；成堆石头摆成一片海，是奇迹。这样的奇迹，星罗棋布，散落在广西各地。

在广西23万多平方公里的陆地面积中，喀斯特土地面积达到9万多平方公里，占据了三分之一还多。那里的人们，过着别样的生活。

一个以石头命名的屯：弄拉屯

"弄"（音lòng）是壮语借汉字记音，指的是石山间的小片平地，"弄拉"是"石山旮旯角"的意思。弄拉屯在南宁市马山县东面，是大石山区腹地的一个不起眼的小屯，只有约25户，约125人，在马山县地图上很难找到。可是，小小的弄拉却弄出了很大的动静——它应对喀斯特地貌的做法，被联合国官员夸赞地提升到了拯救地球的高度。

弄拉，九分石头一分土，土层浅薄得像山里姑娘的脸皮，植被稀少，喝水靠雨，交通靠走。贫瘠的程度，惊得联合国官员连连慨叹这是连鸟都不拉屎的地方。

鸟能飞走，随意找到栖身的树，人却不能。再说，到处是人，能挪到哪里？这里的生活极其艰苦，艰苦到常年吃国家救济粮。曾经，在这光秃得像猴屁股般的山旮旯角，人唯一要做的事，就是让自己活下去。那时，活着是一件非常艰难的事情。

苦熬，不如苦干。弄拉人干开了，一干就是50年，干出了一个新弄拉。弄拉人的做法很简单——山顶种林，山腰种竹，山脚种药材和水果，平地种粮，洼地种桑。小小的村屯，微薄的力量，却众志成城地坚持了50年。村民们互相鼓励，也互相约束，村规民约规定得死死的：每砍一棵树，补种六棵。

50年下来，现在走进弄拉，曾经的"地球癌症"——喀斯特荒漠化，早已不见踪影，呈现在你面前的，是一个翡翠般的大盆景：在这石漠里的绿洲中行走，恍若在画廊中穿行，抬头四望，满眼惊绿。要不是石屋、石凳和青石板路的存在，你会忘记这里是大石山区。婆娑多姿的任豆树、高大挺拔的香椿树、秀丽葱茏的吊丝竹，还有金银花、银合欢、山葡萄，将弄拉曾经面目狰狞的座座裸山，温柔地拥抱起来。

中国地质科学院来了，把这里当成岩溶生态教学科研基地；国土资源部来了，把这里当成生态重建示范区；自治区人民政府来了，把这里列入自治区级自然保护区；广西药用植物园来了，把这里当成百草园；客商来了，把钱留下，拉走这里的药材竹子。小小弄拉，一粒细沙，钻进贝壳，变成珍珠。

一个以石头命名的乡：七百弄乡

一个面积只有约203平方千米的大石山乡，却拥有5000多座海拔800—1000米的峰丘，因原辖区有7个村团，每个村团划100多个弄分界管辖，故而被命名为七百弄乡。这个乡在离南宁130多公里的河池市大化瑶族自治县。

这一片地区，峰丛林立，基座相连。按民间的说法，这里地无三尺平，山无三寸泥，是上天随意摆放了5000多个"三角粽"，"三角粽"之间狭窄的缝隙就变成了700多个弄。

这是世界上喀斯特高峰丛深洼地发育最典型、保留最完整、峰丛分布最多最密的地区。当地人自嘲，这里"金木水火土"五行俱缺，唯独不缺石头。石头下面没有矿，山上是些面黄肌瘦的杂草，没有河流，有雨也留不住雨水，雨水还冲刷走那一层单薄的泥土。

这里的弄很小，小到不能用"平地"这个词来形容，更不能用上"坝子"。一个老笑话说，一位农伯带30株玉米到弄里，就把弄种满了。完事后数来数去只数见29株，后有旁人提醒，原来草帽盖住了一株。居住在这里的人们，长期在石头缝隙间抠土种庄稼，而且只能种玉米，一年有4个月的断粮期，人无三分银。"七百弄"曾经是贫困山区的代名词。

七百弄没有一条河，没有一口井，吃水用水全靠老天爷恩赐。1个月不下雨，人畜饮水都成问题，玉米也会因干旱失收。雨下多了下大了，陡坡上的玉米常常被冲走，或者被冲刷得成片倒伏。连下1个月的雨，很多弄里就会颗粒无收；遇上大雨暴雨，水一时排不出，还会成涝灾。

这里年降雨量超过1500毫米，这些雨水要是能全部贮存起来，再引水到各寨各屯，足可以做到"山环水绕"，打造出第二个桂林。但是，喀斯特地貌的一大特征——渗透性好，在这里表现得极其充分，洼地里最低的地方都有漏斗眼，700个弄也就是700个漏斗。

如此恶劣的人居环境，却有1万多人世代在这里居住：他们学会了与山共存，与石头共舞。他们的房子是石头做的，尽管这样的房子冬天如冰窟，夏天如火炉，但大家都能坦然接受大山这唯一的馈赠。七百弄人还用石头修建水柜，贮存老天爷赐予的雨水。林立的峰丛中，大大小小的水柜星罗棋布。据说美国卫星拍摄到这一景象，误以为那些圆形的水柜是导弹发射洞呢。或许，这个笑话，是本地人自己编排的，包含了一种战胜自然的成就感。

大山对这里的人吝于赠予物质，却慷慨地赐予他们乐观和刚强。这里的人好讲笑话，苦中作乐。他们的生活从不缺少歌舞和娱乐，劳作之余，他们唱山歌、跳铜鼓舞、打陀螺、斗鸡射箭，自娱自乐，用笑声填补物质的空乏。

这里的玉米酒很醉人。每个圩日，街头是要醉倒很多人的，圩场四周散落着一个个醉人。看着醉在路边玉米地的丈夫，妻子是微笑的，并不像外地人那样的抱怨、唠叨。等丈夫醒了，携手归家，一天的日子就这样过去了。这里的日子过得省心，牛和羊放养在弄里，不用人看管，也不会有人来偷。

写到这里，我禁不住想跑题了。我曾到这里的同学家做客，同学在城里做事，他要提前三天跟父亲打招呼，父亲才好提前到弄里把放养的羊找回来。宰羊待客是这里待客的最高礼遇。如果有可能，砍倒一株芭蕉树，剖出芭蕉心，与羊骨头一起捣碎，捏成团，蒸熟，做成一道叫"芭蕉骨头心"的菜，那就再完美不过了。这道菜的高妙之处在于，芭蕉心既能吸油，又能除去羊骨头的膻味，还能解酒。那天，我醉了，醉得很舒坦。这里的人民极其热情，吃再多的芭蕉骨头心，也解不了太多的玉米酒。

现在，这里日子好过多了。在成功申报国家地质公园后，这里的喀斯特地貌得到了合理开发和利用，被开辟为旅游区，吸引了越来越多的游客和科研工作者。如是看来，七百弄成了大自然赐予人类的宝贵财富，生活在这样的弄里，人们的创造力都大大提高了。

一个以石头命名的县：天等县

"天等"是壮语，意思是"矗立的石头"。这个以石头命名的县，坐落在桂西南喀斯特群山丛中，地貌与七百弄乡有得一比，喀斯特面积约占全县总面积的77%。

早些年，这个县以一句"天等人民不等天"的口号闻名广西，说的是这里的人民治理荒漠化的英勇事迹。事迹的背后，隐含着这里生存环境的极度恶劣，集老、少、边、山、穷于一体，贫困问题与石漠化问题交织，生态环境十分脆弱，当地人是"开荒种地到山顶，扶贫救济年年领"。不想等天的天等人，很多都到外面去谋生。如今，天等县仍然是广西的劳务输出大县，常年有约10万人在外打工。

没有人知道，辣椒是哪一年被引进天等的。辣椒进来后很适应这里的土地和环境，就在这里深深扎下了根。这里出产的指天椒，果小、肉厚、色泽鲜红、辣味十足、醇香浓郁、品质独特。后来被誉为"天下第一辣"的指天椒，在天等的峰丛山坳中独自招摇多年，一副养在深闺人未识的委屈模样。

直到天等的外出劳务大军，把指天椒和指天椒做成的辣椒酱，带往全国各地，才成就天等人、天等辣椒、桂林米粉三者之间相结合的一段佳话。桂林米粉最重要的调料是辣椒，而天等出产全国有名的辣椒，天等人将两者结合的灵感就来自于此。米粉原料还是从桂林进货，调料是正宗的天等辣椒。

桂林在广西北边，天等在广西南边，两地相距500多公里。桂林人怎么也想不到，在国内小有名气的桂林米粉，竟是由天等人像播种机和宣传队一样，带到全国各地，并加以改良创新，迎合当地口味，形成了多版本的桂林米粉。

现在，在北京、上海、深圳、西安、大连这些大都市的街头，常常可以见到挂着"桂林米粉"招牌的店面。然而,要是不问不说,没有人知道,这些桂林米粉店,绝大部分不是桂林人开的,而是天等人开的。

因着桂林米粉的机缘,天等辣椒酱得以名播四海。由此,以天等指天椒为主要原料加工制成的辣椒酱走进了全国各大超市,也迈出了国门,走上了意大利、加拿大、英国、美国等外国人的餐桌。米粉因辣椒闻名,辣椒因米粉畅销,两者相得益彰,很大程度上得益于天等米粉人。现在,天等成了"中国指天椒之乡",指天椒种植和加工成了天等人致富的门路之一。

天等米粉人开玩笑地把天等版桂林米粉,称为来自大石山区的麦当劳,宣称凡是有麦当劳的地方就有桂林米粉。米粉和辣椒,打开了天等人闯世界的隧道。现在,随着外出打工者的增多,依赖天地吃饭的人渐渐减少了,天等的环境压力得到了缓解,山又绿水又清了。同时,外出打工的人越来越意识到保护环境的重要性,把保护环境的理念带了回来,生态农业逐步开展,屋后有青山屋前有绿水的生活场景,开始在天等呈现。

(原载2015年6月《中国国家地理》)

拍案共勉

父亲当过20年的兵，教育我们兄妹的方式方法带有军人作风，直接、简洁、明白。今年他83岁了，还坚持自己动手洗衣服、晾晒并收放整齐。他房间里的所有物件，永远都是井然有序的，摸黑都找得着。

母亲也老了，有些唠叨，经常说起父亲的旧事，说得最多的是"算账"。父亲当兵前是生产大队的会计，有一次做月报表，发现账面和钱款有5分钱的出入。父亲很着急，点着油灯连夜加班算账，算盘噼噼啪啪响了一夜，天亮前终于查找清楚。父亲高兴得拍打着胸口，绕着屋子走了3圈。这股为集体利益的认真劲，为父亲的参军加分不少。也是因为认真，加上有初中文化底子，父亲入伍后就被部队送去深造，成为技术干部。算账这事，母亲讲得多了，哥哥就打趣说："认真造就了我们家，我们干什么都要认真，认真干活、认真吃饭、认真活着。"

可惜，我不能完全秉承父亲的认真劲。因为自诩为文人，偶尔为自己的随意、随性找"文人性格"的借口。父亲和哥哥说了我几次，我一时改不了，他们就挂在嘴边，时常提醒我。那年，得知我即将当上单位领导，父亲专程赶来当面教导。除了再次强调"认真"，父亲还反复交代既要慎言慎行，不该讲的话不讲，不该吃的饭不吃，更要注意生活作风。听着父亲的谆谆教诲，我眼前再次浮现父亲"拍案"的情景。

20世纪80年代初，父亲是一家拥有执法权的单位的领导。一天晚上，我在客厅写作业，父亲坐在沙发上翻看《参考消息》。突然有人敲门，进来的是一个陌生人，来访目的是请求父亲通融，退还被执法人员依法扣押的货物。父亲起身，请来人坐下，给他端上一杯热茶，讲完礼节便开始讲原则。父亲强调扣押货物是依法办事，是原则性问题，不能讲人情。来客临走前，从包里掏出两叠钱，放在茶几上，指着我说："一点儿小意思，给这位小弟弟买几样东西吧。"父亲一愣，看看他又看看我，猛地一巴掌拍在茶几上，吼道："干什么你，干什么你！走，赶紧走！"说着，抓起钱塞回那人手里，又把他拎来的水果挂到他的手腕上，推他出去，砰地一声关上门，门后的挂历都被震掉了。这一切，我都看在眼里，记在心上。父亲对我任职前的谈话和他当年"拍案"的情景，我都详尽地记在日记本里，带在身边，经常翻看，经常警醒、告诫自己要居处恭、执事敬、与人忠，对人对事对物始终不能怠慢。

今年初，我儿子也进入了职场。工作强度大，经常加班，但他能够做到任劳任怨、认真细致，这很令我欣慰。他常和我说起单位里的事，有工作上的不顺心，有同事间的趣事，有他自己的看法和想法。无论他说什么，我除了点头外，给他的建议永远都是"得熬着"。有时兴致来了，父子俩对酌几杯。酒后，他眼睛里便多了一缕不服输的亮光。

但行好事，莫问前程。父子俩常以此共勉。

（原载2016年6月17日《广西日报》）

诗人德清

德清比我小两岁，在我考上大学离开家乡的第三年，他也考上了长江边上的一所名校，成为村里的第二个大学生。他读中文系，毕业后回到南宁，分配在一家电台当记者兼编辑。二十世纪八十年代，大学生被誉为"天之骄子"，读完大学就是干部，有公家粮吃。

2008年初，南宁赶上了五十年一遇的寒冷，凤凰树都死光了，香蕉树也没有一棵能活下来，中山路夜市的盛景暂时不再，"夜猫们"猫在家里不出门，就连多年来声称夜夜有生活，常常在晚上十点半才出门的诗人德清也不再出门了——他是暂时出不了门。寒潮来临前夜，他倒下了，不是被寒潮袭倒，而是被自己的脚跟腱袭倒。酒后的他走路踏空，脚跟腱撕裂，倒在家门前的台阶下，被人抬到床上，下不了地。

这年头，到了知天命的年纪，还能被他人称为"诗人"的人，约莫有两层意思：一层是他真的还在写诗，名副其实；二是已不再写诗，却保留早年当诗人的"诗性"——率性而为，不修边幅，偶尔触犯众怒，仰天长笑出门去，留下身后的蓬蒿人面面相觑。德清属于后者。

德清会写诗，得益于他少年时代赶歌圩。赶歌圩是家乡青年人的事，本来没有小孩子的份，但是德清长得比同龄人高出半个头，牛高马大，不容易看出他还是小孩子，同村的青年人就允许他跟帮，跟在屁股后头赶歌圩。这样，德清就学会了唱山歌、编山歌，培养出了文学兴趣。读上中文系，德清知道诗歌是怎么一回事，就学写诗，在报刊上发了几十首，被老师和同学称为诗人。也因为会写诗，毕业就被分配到电台文艺部当文学编辑。

对于一般的中年男人来说，脚跟腱撕裂这样的小伤，算不得什么大事。躺在床上，有妻儿喂饭倒尿，静养半个月就可以下床自理了。但是，对德清而言，却是个大事，他是孤家寡人，没有一个亲人在身边。妻子，原来是有的，但离婚走人了，她实在忍受不了德清的诗人做派——特立独行、孤芳自赏、假清高假深沉。离婚后，她就嫁给电台对面单位的一位处长，像是故意气他。尤令德清伤心气恼的是，那旧人复新人的前妻仿佛成心跟他过不去，进进出出都挽着新丈夫的臂膀，秀恩爱，亲昵无限。德清撞见两次之后就开始戴墨镜——白天戴，夜晚也戴；晴天戴，雨天也戴。有同事戏说德清，你碰上前妻最好是雨天，这样你前妻就看不出你脸上流淌的是泪水还是雨水。说得德清好像一点儿都不男子汉，很留恋前妻似的。德清回击说："还不许出汗了？这是汗水好不好。"同事笑笑，没有接话。德清说这话的时候正值隆冬。

瑟瑟冷缩在床上的德清却有别的收获——老爹来了，来照顾料理他。老爹背微驼，给他端水倒尿，给他洗衣做饭。他看老爹在阳台上晾洗衣裳，把绞在一起的衣裳捋开，平整后挂在衣架上。这个动作重复十几次,他就看了十几遍。他觉得脸上有些痒,抬手一抹,竟在手上留下一片水痕。头发全白的服侍头发半白的,头发半白的先流泪,头发全白的也跟着流泪。泪眼相对,无语凝噎,一切尽在不言中。头发全白的下楼买回一瓶高度酒,父子分半喝,又相对流了几滴泪。脸红的德清摸着酒杯说:"其实,我一个人也可以的。"老爹拿过酒瓶把两个杯都满上,慢腾腾地说:"也没什么的,小时候怎么管你的,我全记得。"老爹两只瘦削的手比出两拃的长度,说:"那时你连话都不会讲,现在起码知道体谅我了。"

末了,老爹说:"回家吧,你妈在、我在,那才是家。"德清就跟老爹回家养伤去了。在老家,他天天给我发短信,把他看到的景象——土块、草丛、田埂、山丘拍下来,弄成彩信发给我。一只在草丛玩耍的小狗,被他说成是自由幸福的精灵。我问他:"你不是狗,怎么知道狗的感受?"他回复:"问余何意栖碧山,笑而不答心自闲;桃花流水窅然去,别有天地非人间。"

伤愈归来上班的德清像变了一个人似的,跟电台大多数人没什么两样,上班干活,下班买菜,回家做饭,不再去中山路过夜生活了。他宣布说:"不许再叫他诗人,哪个再叫他诗人,哪个就是诗人、痴人。"一个同事笑说:"珍惜生命,远离诗人。"

德清第一次主动找台长,低眉顺眼地跟台长检讨,说:"我过去是傻的,酒喝多了说疯话,说我们电台是'不卵不包'的人办不明不白的电台说不冷不热的话给不三不四的人听,不应该这么说的。"台长说:"我们从来没有把你当人看啊,你是诗人,你那些话是诗话,超凡脱俗,我不计较的,哈哈。"

检讨完毕,德清问台长:"我能在我们台播发征婚启事吗?免费的那种。"台长大笑,说:"怎么又俗了呢,和尚还俗啊,又想害良家妇女?"

德清低声说:"我想被人家害下半生,为世界和平做点儿贡献。"

征婚启事没有诗人身份的介绍。同事说德清是在自我疗伤。德清答:"英雄疗伤在无人处,我偏在有人处,在阳光下,我的伤口明艳动人。"

征婚启事断断续续播出半年,征来的人不合适,合适的人没征来,德清心冷了,经常来找我瞎聊、喝酒。见我家里有新买的诗集,他也看得下去,只是不像从前那样慷慨激昂发表评论了。看得出他有些坍塌,瘫坐在沙发上,像一堆干酸菜。延宕三年,他更加灰头土脸。我劝他振作起来,工作认真点儿,有空多回家看望父母,他基本照做。看望父母需要花费一些钱,他钱不多,就主动为广告部拉广告,终究成了几单合同,得了一些提成,他悉数上交父母。父母笑了,说他大学没白读。村里人夸他是大孝子,来南宁都喜欢找他,请他介绍活路做。他的家因此经常挤满村里人,偶尔还传出几声山歌。

正当我们期待并相信他会有更大好转时,他却死了,死在寻找爱情的路上。

有了微信后,他加入大学同学微信群。一个深夜,他得知大学时代的暗恋对象,他的女神也离了婚,生活很不如意,自暴自弃。他流泪了,哽咽对我说:"要是当初我再多一点儿自信心,再多坚持一点儿,我们就有可能成为夫妻,面朝大海,春暖花开。"他在电话里幽暗地背诵海子的《日记》:

姐姐,今夜我在德令哈,夜色笼罩
姐姐,我今夜只有戈壁
草原尽头我两手空空
悲痛时握不住一颗泪滴

我知道，他的女神在青海德令哈市。莫名的，一丝不祥之兆袭上我心头。

三天后，他去了德令哈。

半夜，他走出火车站，他的女神在马路对面等着他。

他和女神的距离第一次如此之近，迢迢河汉近成一条马路，近得他觉得人生的一切坎坷和等待都是值得的。

一辆黑色的车疾驰而来，把他撞飞。

德令哈的夜很冷。

《日记》里有一句：这是唯一的，最后的，抒情。

（原载2010年5月《红豆》）

重 生

2013年中元节我回老家过节,当问起村里的文人旧事,妈妈说:"你去看看小学校吧。"

上百年来,小学校一直是村里的文化中心。起初,那里是一座土地庙,供奉着社公,后来又供奉万世师表孔圣人。村人朴实地坚信,社公能帮助他们消灾解难趋吉避凶,能保佑五谷丰登家宅平安,每到年头岁末初一十五,就提着祭品来祭拜。有孩子读书的人家,也常常带着孩子来拜孔圣人,希望孩子考取功名光耀门庭。二十世纪二十年代,土地庙改建成国民小学,解放后改为小学校。

村里延续了几十年的春节读书会,年年都在小学校举行。村人重教崇学,形成了不比财、不比权、只比学的村风。村人过年可以没有鸡鸭鱼肉吃,却不能不参加读书会。读书会是村中最丰盛的文化大餐,村人如果错过,就觉得这一年过得寡淡了。

读书会其实就是一种游园活动,吟诗作对、书法绘画、猜谜填词、成语接龙、讲故事等一应俱全。"文化大革命"后恢复高考，村里读书人又多了起来，考出去后在外工作的人也多，每年的读书会，不管在读的，还是已经工作的，不管老的少的，也不管远的近的，都会回来参加读书会。读书人在读书会上各显神通，常常是一家人同台竞技，互不相让。那些得奖最多的家庭，在往后的一年中，人前人后都风风光光。不少穷困的家庭砸锅卖铁都要送孩子读书，多少孩子忍饥挨饿也不放弃寒窗苦读。读书会的精神养分养育了村里好几代的读书人，影响和改变了部分村人的前途和命运。在那些艰难的读不起书的岁月里，那些没见过什么世面的村人，要说还认得几个字，还知道一些外面的事情，也都是在小学校这里捡拾的。

在考上大中专就是国家干部的年代，村人比的不是谁阔气，谁家起了新房，而是比谁家孩子上了大学，谁家吃公家粮的人多。没有养出大学生的家庭，人前人后说话都没几分底气。可是近些年风水转回来，又开始比钱了，比谁家的楼房盖得高盖得好了。几年之间，村里的楼房一栋比一栋高，一栋比一栋气派。读书人头上的光环开始黯然失色，很多村人不再奢望依靠读书改变命运，越来越多的孩子也都放弃考大学，纷纷跟大人打工赚钱去了，村里重教崇学之风也悄然而退。读书会似乎也正慢慢走向末路，办得潦潦草草，在外工作的村人也懒得回来参加了。读书会已然变成老人孩子的游戏，没孩子参加的人家，干脆请人到新建的楼房里喝酒划拳。百无聊赖的年轻人，宁愿开着摩托车四处兜风，也不愿参加读书会。

小学校是我怀念的地方。二十世纪七八十年代，马车每个月拉着放映机和放映员来一次。每当那辆马车咯吱咯吱穿过田垌停在小学门口，教室里的小脑袋就开始不安分了，人坐在课桌前，眼睛老往窗外瞟，任凭老师敲几次讲台都不管用，就算因为开小差被打手心也不打紧，毕竟这小小胸膛里的心儿啊，早已随着那马车的咯吱声飞到放电影的幕布前欢呼雀跃啦。田垌里的人也开始心不在焉，面上看不出来，都暗自在心里琢磨着今天会放个什么电影，男人们想看鬼子吃枪子儿，女人们愿意瞅郎才女貌花前月下，孩子们爱看武松打虎的戏码，而老人们呢，听几嗓京戏就足够乐呵一晚上的啦。中午回家，各家各户就吩咐孩子，放晚学后先扛凳子去占位置。下午的课，讲的人和听的人都分了心；田地里干活的人，也巴望着日头快点落山，催着队长快点喊收工，恨不得跳到山那头把太阳摁下去。太阳的余晖刚从西山上隐退，孩子们就扛着条凳、方凳来了，都抢着放映机前的位置。占好位置，就远远地看着队长和放映员在树下吃饭，想象着他们吃肉吃鱼时的快感，两眼放光口水直流。

幕布就挂在篮球架和旗杆之间，在前面没有占到好位置的村人，干脆把凳子搬到银幕后面，跟别人反着方向看，一样津津有味。幕前幕后都一样的拥挤，一样的热闹。那些放电影的晚上，很多人都是从田地里直奔小学校，身上还沾着泥巴，肩上还扛着农具。大家都觉得看电影比吃饭重要，都不想错过任何一个镜头，空着的肚子，往往在电影散场后才感到饿。人们就在谈论电影情节的兴奋中，度过了一个个艰苦难挨的日子。在谈论中，他们的精神愉悦而满足。等他们谈腻了，期待的下一次放映日又该到了。有了期待的日子，犹如等待有归期的恋人，日子虽然难挨，却多了几分甜蜜的憧憬。

那个年代，因为电影，村人都有了浓厚的英雄情结。没有谁不知道堵炮口的黄继光、炸碉堡的董存瑞、紧握爆破筒与敌人同归于尽的王成、纵身跳下悬崖的狼牙山五壮士，人人都能给你讲刘胡兰、江姐、潘冬子的故事，人人都知道雷锋把有限的生命投入到无限的为人民服务之中……可以说，那个年代，人的精神世界崇高洁净。银幕上的英雄，向人们彰显了一种精神、一种气节，教人怎样做人做事，向人们普及一种乐于奉献的价值观，传递着正能量。所以，那样的日子令人无比怀念。

往事依稀。我去看时，小学校却已经荒废多年了。大门是铁将军把守，一只蜘蛛正悠闲地在上面来回织网。大门两侧的镀铜楹联，有些字已缺半边，本来是"一等人为家为国，两件事种田读书"，现在是"一等人为豕为口，两件事种田卖书"。人气消失的地面，杂草肆意疯长，无人打扫的校园，堆满了落叶。满园的荒凉颓败，看着心痛。

撤点并校后，小学校就被撤销了，孩子们要到三公里外的镇上读小学，天天"两头黑"，一大早出门，下午很晚才回到家。冬天天黑得早，放学时候经常看到孩子们三三两两地在路上走着，饥饿让天气变得更冷了，他们一边不住地往冻得通红的手上哈气，一边还要顾着打手电筒，比做农活的大人还辛苦。村人多次到镇上反映，镇上说："撤点并校是大势所趋，把老师学生集中起来办大学校，能让教学资源配置更加优化，形成规模效应，既节约成本，又提高办学质量。"

晚上，几个村人来家里聊天，我有意提起小学校。有人说，村里有几个年轻人有意重新利用学校，重新装修，改为网吧和娱乐室。我是很赞成把小学校重新利用起来的，从爷爷开始，到爸爸，到哥哥姐姐，到我，我一家三代都在那里读完小学，那份浓浓的依恋、怀旧情感，浓得化不开、挥不去。早些年，村里号召捐款修葺旧校舍、起新教学楼，爸爸带着我们踊跃捐款，村人也都认真地捐款、投工投劳，教学楼的装修在整个镇都排在前列。

我明白小学校在村人心中的象征意义，哪怕是学校被撤销了，也不该让整个村子的文脉断代，总得有一样东西让文脉依存依附，更不能让小学校代表的读书精神消失殆尽，直至让人忘记了还有"读书"二字。我表态："需要帮忙的，请尽管说话。"

今年春节回去，学校的变化让我大为高兴，它从一个最荒凉的所在变成了全村最热闹的地方。在那里合伙开网吧和娱乐室、文化室的年轻人自豪地对我说："开网吧是跟文化还有读书最为紧密的事，也是能够让村人了解外面的世界、与世界沟通的最直接的方式。"

网吧开通后，以前在大榕树下聊天的人们，就慢慢把阵地转移到小学校里来了。村人在学校篮球场四周和树下砌了几张水泥桌，用毛笔蘸了墨水画一个棋盘，棋盘上"楚河""汉界"4个行楷透着"颜体"的韵味，又找来十几截木桩，锯平后充作凳子，有时还会在水泥桌中央横着摆一排砖块，权当作一个简易的乒乓球台。他们将篮球场的裂缝也用水泥抹平了，重新画了线。这样，小学校又成了村子里文体活动和聊天的中心。后来，网吧的老板买回了影碟机，搬来了家里的电视机，在球场上放影碟。村里的夜晚就更加热闹起来。

镇上的文化站了解到这一情况后，送来一台七八成新的投影机，屏幕很大，放片子像在放电影，周围村子都有人来看，像当年放露天电影一样，老人们兴奋得像小孩子，小孩子则像过节般撒欢。村人有了好去处，身心轻松，夜就不再漫长无边。在家喝闷酒的、到外村赌博的，也越来越少了。

网吧的另一个好处是，让父母在外打工的、夫妻两地分居的、儿女外出打工不在身边的，都能视频聊天了。这让老人们大开眼界，他们说："现在有了电脑，不管儿女走多远都不要紧了，想听孩子声音想见孩子，花一块钱就能办到了，随心所欲，比电话还方便哩。"于是老人们大为感慨时代的进步，深有感触地慨叹，活了几十年，能赶上这样的好时代，值了。一双双粗糙的、握惯锄把的大手，竟然也会掌控灵巧的鼠标了。

时代在变，村子也在变。村里有了网吧后，我一有空就回到村里去，在村里也可以办南宁的公,既能看望父母,又不耽误工作。我儿子也愿意回去,说是能饱吃土鸡土鸭,也不妨碍与全国各地的同学零距离,村里的小猫小狗,都成为他"晒"的资本。

网吧的几个老板说:"重整旗鼓,明年春节重新举办读书会。"

(2010年)

悲喜相随

去年深秋，我与同在南宁工作的村人相邀回家参加一场婚礼，新郎是树华，村里的英雄。"英雄"的称号，是村人给他封的。

前些年，家乡盛行赌博，赌博团伙像电影里的鬼子扫荡队，逐村逐寨摆局设赌，来回扫荡，搜刮钱财。团伙有十几个成员，有严密的组织和分工，有专车接送赌客，有专人在派出所门口和路口把风放哨，有马仔维护赌场秩序，有后勤负责运送盒饭、烟酒、饮料、水果。

在热闹的婚宴上，几个村人你一言我一语，绘声绘色地讲述树华的英雄事迹。

前年冬季的一天，"鬼子"悄悄进村，在后山用塑料布搭起大棚子，摆好桌子，赌"三公"，虽然村人知道十赌九输，但闲着也是闲着，就去围观了。现在可不比以前。以前日子穷，农闲时节，女人们在大榕树下缝缝补补，纳鞋底，男人们则在旁边闲聊逗笑。现在日子好过了，衣服鞋子都买现成的，不再补衣纳鞋。不过，这样一来，榕树下就少了许多话头。没有话头哪来的乐趣？于是，缺少乐趣的村人，自然抵挡不住赌场的诱惑。开始的几局，不知是庄家有意输钱，还是村民的手气好，几个村民或多或少都赢了一些，博得了围观者们的阵阵喝彩。赢了钱就高兴，预感时运到了，赌注也越下越大，叫喊声也越来越高。围观的村人像是受了感染，很快，赌台满座了。

鏖战半天，有些村人输得就只剩下底裤了。赌博团伙告诉村人："可以给大家提供扳本的机会，没钱可以拿米拿谷子来换钱，也可以赶猪牵牛来抵押。"真有村人立下字据，汉成家三兄弟就押米押猪，梗着脖子青着脸，喊着叫着，赌最后一把。树华进赌场时，一个叫德昌的村人正一手牵着一头牛，一手在签字画押，他老婆在边上撕扯、号啕，"杀千刀的杀万刀的"大骂不止。

树华进赌场前，先把赌博团伙的车辆给放了气。

树华走进赌场，不声不响转了两圈，认准了赌头。他走过去，拍拍赌头的肩膀，说："收摊，收摊，要不就晚了。"赌头扭头看他，说："晚什么晚，大家还在兴头上呢。"树华再用力拍拍赌头肩膀，说："我说晚了就晚了。"赌头看树华只身一人，根本不把他放在眼里，只一招手，几个马仔就从赌场四周朝树华包抄过来。树华不动声色，一掌向赌头拍去，赌头跌坐在地。树华双手摁住赌头双肩，暗暗使劲。赌头疼得龇牙咧嘴，不敢再出声。树华转过身去，几个马仔不见了踪影。他以为他们去抄家伙，便顺手抄起一张条凳，倚墙而立，环视四周，目光沉着而冷静。团伙的另外几个人见势不妙忙慌慌张张把钱拢进桌底的大口袋，准备逃走，其中一人蹑手蹑脚蹭到树华身边想拽回赌头，树华斜他一眼，也不说话，放下条凳，一脚踏在条凳上，一只手按在赌头肩头上，五个指头倒钩般嵌入了赌头的肩头，拎小鸡似的把他从地上提了起来，赌头杀猪般号叫起来，哭丧着脸说："退钱，退钱。"村人这才从惊愕中醒来，自觉地在树华面前排起了长队，领取退款，一个个面色潮红，半是羞赧半是喜悦，比领取农业补贴费还要兴奋，离开前无不充满感激地望了树华一眼。

村人说，树华这一招"擒贼先擒王"使得又准又狠，赌博团伙再也不敢出现在村里了，村里安静多了，很多家庭又重归和睦了。树华在部队立过功，复员回到村里一样立功，是真英雄。

英雄的婚礼自然热闹，全村人都来道喜。婚宴后，我没有马上回南宁，打算在家逗留几天，陪陪父母，翻盖祖屋的瓦顶。

依照村里惯例，婚宴后的第二天中午，新郎新娘要请帮厨的人和村中老人吃一餐饭，表示感谢。我也在邀请之列。开饭前清点人数，发现少了汉阳老人。有人说，好像昨晚的婚宴也没见着他。

有位老人说，前几晚在大榕树下聊天时，他坐在汉阳老人旁边，见汉阳老人两手老捂着肚子，到后来说不舒服就回家去了。这么一说，大家的神经顿时紧张起来，嚷嚷着去汉阳老人家里探个究竟。我跟随大伙从树华家涌出，直往汉阳家冲去。不一会儿便到了汉阳家，热心的乡亲们里三层外三层地把汉阳家门口围个水泄不通，可他家却门扉紧扣。树华冲在头一个，用拳头把门砸得哪哪响，可是院内却静悄悄。过了一会儿，突然从里面掠出一只黑猫，喵的一声，黑猫便疾速蹿上墙头，跃上屋顶，不走了，定定地看着我们，眼光幽深。汉成家的老二抓住院墙，翻身上去，跳进院子，把大门的门闩拉开，大家一拥而进。

在一楼老人的卧室里，大家看到：老人趴在地上，脖子上的青筋绷得紧紧的，整个人像晒干的蛤蚧，俯趴在地上，干干扁扁，双手努力向外伸张，五个指头弯曲成爪子的形状，像要抓住什么似的，看起来既狰狞又恐怖。几只绿头苍蝇在他身边嗡嗡地飞。看样子，已死去多日。往旁边看去，半边蚊帐竿掉落在床上，半张席子垂挂在床边，被子和枕头都掉到地上了。床头桌子上的电话机，也跌落在老人身边，机身和话筒已经分离。

从现场情形看，老人死前应该有过挣扎，而且相当痛苦惨烈。估计是想打电话求救，但终究没打成。整个房间弥漫着一股死亡的味道。就连那些看惯了生生死死的老人，见了这副惨状，也忍不住唉声叹气。

树华拿出电话，给汉阳老人的独子可心拨了电话，用婉转而沉重的语调和可心简单说明情况。可心不在村里住，两公婆带着两个孩子在遥远的甘肃兰州搞装修，帮人铺设地毯，因为路途遥远，做的又是不赚几个钱的小本生意，加上心疼路费，一家人一年才能见上次把。汉阳老人一个人在家过生活，孤苦伶仃。平时老人吃完了饭就没什么事可做了，或走这家或跑那家，看人家下棋缝衣逗孩童。可到了人家吃饭的时候，他又一个人回到了那间独居的小屋，搬个凳子坐在门口看天上的云，越看越想他那不能相见的孩子和想逗逗不着的孙儿，这样的生活就像严格制定的时间表那样一直过到了他咽气的那天。大家商量，老人家这个样子，拖不得，只能火化了。我叫树华再次拨通可心的电话，我跟可心详细说明了眼前的情形和大伙的意见，可心沉吟一会儿，用听不出语调的声音说："就这样吧。"有人说，悲喜相随，这是村里第一个火化的人。

接下来，村人忙开了。村里的习惯是，凡是红白大事，全村人都要动员起来，人人参与。一般哪家死了人，用不着去请人，只要报丧的三响爆竹一炸，村人就会主动上门吊唁守灵和帮忙。有人联系殡仪馆；有人到镇上租车，准备接送送丧的亲戚和村人；年轻人负责分头开摩托车去老人亲戚家报丧；有人去请道公来做道场；有人设灵堂，找来一张新席子，铺在厅堂中央，又找来一张矮方桌，在席子前面摆起灵台；有人烧热水为老人净身、换衣服；有人从村头小商店买回三个大爆竹，放响，算是给全村人报了丧；有人找来一根长竹竿，竿头挂着一条长长的白布，立在村口醒目的地方，宣告村中有白事。

午后，殡仪馆的车子到了，从镇上租的车子也到了，很多人都想去殡仪馆，大家说，老人走得太寂寞，这回他上路，该热热闹闹地送送他。送行的队伍有六七十人，假如再来几部车子，估计也会坐满。

在村里，办丧事就像帮工，今天你帮我一天工，明天我还你一天活儿，大家彼此心里有数。死人的事在村里叫当大事，唯此为大。邻里之间，就算平日有些磕磕碰碰，但如果有人过世，所有的矛盾龃龉，都暂且放到一边。对于那些只有独子或没有男孩的家庭，更是丝毫不敢怠慢。谁家有了事，他们几乎是第一时间全家出动，主动到主家帮忙。倒不是有人在后面催着，而是自己忙着积攒人情，等到自家赶上大事，才不会感到势单力薄。

可心一家进门的时候，已是第二天傍晚。他们顾不得许多，坐飞机飞回南宁，刚下飞机又马不停蹄地从南宁打出租车赶了回来。可心从村口一路号哭而来。村里很多人都经历过丧父之痛，但也不曾见过这般悲恸号哭的，大伙的眼泪再一次被勾引出来，无声地洒满或凉或热的手心和灵台前的方寸土地。骨灰盒摆在灵台上，可心在灵前长跪不起。他整宿都在父亲灵前，头深深地低垂着，直愣愣地盯着骨灰盒，不说一句话。豆大的泪珠就这么从这个七尺男儿的眼眶滚落下来，啪嗒啪嗒地打在他自己的衣衫、双手、膝盖和灵台上，脸上的泪痕湿复干干又湿，那滴落声在这寂静的夜里听起来格外响。半夜里，他突然抬手狠狠地抽自己几个耳光，像一只陷入绝境的狼，又一次哀号起来，直号得院子里阴风阵阵，灵幡哗哗响动，呜呜的风声、幡动声和着他的哀号声像鬼哭夜响，令人毛骨悚然。

下半夜，养老和送终成了灵前聊天的主题。有人说，老人的生存和养老已经成了大问题了，很多青壮年为养家和孩子的学费，都外出务工挣钱了，把孩子扔给年迈的父母看管，田地往往也一起丢给父母打理。看看我们身边的老人，哪一位能够享清闲？养儿防老这句话看来过时了，现在单靠子女养老还是靠不住啊。有几个老人感叹，汉阳老人的今天就是自己的明天。大家认为，能够在儿孙的目光中寿终正寝是偶然的，而像汉阳老人这样悄然逝去没人发现是必然的。说着说着，竟悲不自胜，四周又归复一片寂静。

于我看来，这是一种致命的集体伤害。不管如何死法，无论好死歹死，每一个村人的死去，都会让全村人受到伤害。每个人都是村子的一部分，集合起来才是整个村子；无论谁死了，都是自己的一部分在死去。世事变迁如此迅速，谁也无法预知明天，谁也不敢断定，自己会比汉阳老人更为幸运。

有一位老人苦笑着说："汉阳死对了时候，回来参加婚礼的人还没有走，难得有这么多村人送终，不用担心没人抬上山，也算好死了。"言比石实，话比水凉，说得大家笑比哭难看。悲伤的气氛笼罩整个村子，村口的白幡在寒风中窸窸窣窣，响个不停。

道公念了两天的经文祭文之后，老人第三天下午申时出殡。此次的出殡与往时有些不同。老人火化后，只拿回了骨灰盒里的那把灰，自然就不用装棺材。因此，就少了抬棺仪式和抬棺人。出殡时，一个道公在前面鸣锣敲鼓，另一个道公手持利剑紧跟其后开路，再跟着的，是可心的堂叔。他一路点着鞭炮，撒着纸钱。可心披麻戴孝，双手捧着父亲的骨灰盒，跟在堂叔的后面。他儿子擎着哭丧棒，和他并肩。父子俩的身后是长长的送葬队伍。

墓地里的野草丛有一人来高，汲取黄土下的血肉和人们的悲痛肆意疯长，根本就没有路。村人都是就地取土培坟，不管如何走路。在纸钱和爆竹焚烧产生的浓烟中，田野一片昏黄，我内心一阵苍茫。我想起老一辈对尚未经世的蹒跚稚子讲人的由来，他们都说人都是从地里长出来的，现在看来也不全是骗小孩的信口胡诌。借来的终归要还，不管老的少的，穷的富的，经年之后总要将这副血肉之躯还给大地，尘归尘土归土。看似生生不息的乡村，其实早已昏昏睡去，长眠不醒。

第二天，我在路边等车回南宁，很多村人也与我一样等车，有说有笑，生活很快就恢复到原来的样子。可心出来，跟大家一一握手，感谢大家，礼节周到。有人问他："还出去吗？"他说："出啊，不出的话，孩子的学费都难找。"

我抬眼看，可心的三层楼房在村中显得有些突兀。过完"七七"，他家又全部出去，那栋楼就是真正的空心楼了。

（原载2010年5月《红豆》）

只有草是不死的

县里还没有火葬场，不论谁死了都还是土葬，所以县城周边的山岗上都是坟头。

村里死了人，千百年来都是抬上山埋葬。过了四五年，扒开坟头，拣出骨头，装入一个瓦坛子，再找"风水宝地"重新下葬。民俗学家说，这叫作"二次葬"，南方很多少数民族都执行这样的葬制。

韦昂的妈妈死了，却不能抬上山埋葬，劳烦了南宁的殡仪馆来收尸，运到南宁火葬。

她是村里第一个火葬的人。

韦昂的爸爸前几年逝世了，韦昂的姐姐去南宁打工，后来嫁到北京去，韦昂在县城读高中，寒暑假才能回家。韦昂的妈妈一个人在村里忙着，种田种地，养鸡养猪，种桑养蚕，风风火火的，很要强，看不出她有什么毛病。

但，说去就去了。

等到村人发现，报警，警察勘查完后说："突发疾病死亡，三天以上了。"

天热，尸身已经腐烂，韦昂用去了几大捆草纸，也擦不净妈妈的身体。伯伯和韦昂的大舅小舅商定：叫殡仪馆的车来吧。

韦昂的姐姐回到家时，妈妈躺在一个小盒子里，不和她说话。

村头大榕树下，村人议论开了。

没有人责怪韦昂的姐姐，也没有人责怪韦昂。

现在的情形是，出去越来越成为必然，不出去越来越不可能。

那么，实在出不去的，像韦昂的妈妈，一个人留守村子，突发疾病怎么办？

装电话配手机是村人想得到的最好的办法。

没有人能想出更好的办法。

此后几天，像经过了全村总动员一样，还没有安装电话的人家忙着拉线装电话，已经安装了电话的人家忙着配手机。有人开玩笑说，牛要是会说话的话，也给牛配手机，免得走丢了难找回。

有热心的村人把全村的电话号码包括手机号搜集起来，打印成册，家家都有一本。

村长说："大家要互相注意身边的人，半天不露面的，要给他打电话，打了三次都没有人接听的，马上到家里看看，一起喝酒的，回到家也要相互报平安。"

韦昂的姐姐走了，她的生活在别处。

韦昂走了，回到学校去了。

韦昂家的大门锁着。伯伯偶尔进去看看，墙角的三角梅在疯长，开满了血红色的花，花下的草，也在疯长。

伯伯抚摸着门框，看蜘蛛来回织网，他对蜘蛛说："只有草是不死的。"

会总结的五叔

五叔聪明，有趣，很会讲话。

有五叔在，村头大榕树下的聊天会就拖得很晚才结束，村人意犹未尽，兴许还带着思索回去，躺下后还可能像牛一样反刍五叔讲的道理。

五叔是粮站的退休工人，身体健硕。他生性勤于动手，回村后比农民还像农民，种田犁地，打谷碾米，抓鱼锯木，样样来得。他发挥余热，开了一个碾米场，碾的米不断粒，米糠风得也干净，全村人都到他这里来碾米。他靠山吃山，养有十几头猪，一年能卖两批。村人卖猪是卖活猪给屠夫，现在大家都懒得杀猪了，卖活猪省事，但五叔是要杀猪的，好像上瘾了，一年杀二三十头猪，都是他亲手操刀。猪架子肉卖给肉贩子，他留下猪头猪血猪下水，煮得一大锅，分给各家各户。村人一年能吃二三十头猪的猪下水。

村里的土医生说，村人要是得了高血脂高尿酸，全怪五叔。但土医生吃猪下水比谁都上瘾，五叔不杀猪的日子他就到镇上买猪肝猪肠，吃得满嘴油。土医生的老婆嫌他有一股猪大肠的臭味，他说老婆头发长见识短，不懂美食，他的名言是，会吃吃下水，不会吃吃鸡大腿。

五叔当工人前是回乡知青，初中毕业。在二十世纪六十年代初，他算是村里有文化的人了，因此当了记工员，社员的出工次数由他记录，年底汇总公布。他还喜欢整理山歌，抄录下来装订成九大本，没事时就哼几句。

听老人讲，那年春节过后不几天，"四清"工作队到村里动员春耕生产，动员完后就带社员们到田头进行现场示范，讲解合理密植。工作队员讲得口干舌燥，社员们还是连连摇头。也许是社员们心里抵触吧，大冷天的到田峒来，听几个穿皮鞋的讲怎样种稻子，风从脖颈裤脚往里灌，哪个能不一肚子气？社员们老是说不明白，有点儿故意捣乱的意味，成心要看工作队的好戏。穿皮鞋的讲到最后，看了看自己的皮鞋，看样子他是在犹豫，是否该脱下皮鞋下到田里做示范。五叔看出了穿皮鞋的心思，脱下布鞋，挽起裤腿，下到田里，照着穿皮鞋的指点，挪动几根权当作秧苗的树枝。这就是合理密植了。

那年底，粮站来招工，工作队推荐了五叔。

有初中文化底子的五叔也算是粮站的高层次人才了。由于他做过工分的汇总工作，说话就爱带个"总"字，"总之""总而言之""言而总之"经常挂在嘴边。这些词是当时的时髦词汇，他也算跟上了形势。

他总结自己能够当工人的体会是："总之，机会像小偷，什么时候到你家你不知，但小偷走了，你肯定少些什么。"

然后，可能他觉得这句话比较抽象，又总结为，舍不得脱布鞋就穿不上皮鞋。

后来，可能他又觉得这句话太土气，又总结为，机会像一个戴假发的人，路过你跟前，等你发现这是机会，伸手一抓，最多抓到假发。

最后，可能他又觉得这句话拗口，又总结为，机会像一只小鸟，如果你不抓住，它就会飞得无影无踪。

村人向我转述五叔的总结，我感觉到，五叔是看了蛮多书的，他会把别人的观点改编为自己的，活学活用。

除了会总结自己，五叔还会总结别人，而且更精辟。

公社书记五十九岁犯了事，被抓去坐牢了，五叔总结说，天亮才尿床。

粮站的临时工吊儿郎当，五叔总结说，临时工是半夜尿桶，尿你你就响，不尿你墙壁响。

镇中学某老师续弦，六十多岁的人娶一个三十出头的寡妇，婚后吵得一塌糊涂，五叔总结说，拿芭蕉垫屁股坐，不是屎也是屎。

隔壁两公婆吵架，找五叔评理，五叔说："你们是在抽烟呢，从嘴巴喷出来，又从鼻孔吸回去，自作自受。"

我考上大学，留在南宁工作，五叔总结说，聪明的人像鸟一样去外面找吃，笨的人就像鸡，整天围着锅台转。

五叔有三女两男，他只乐意提大女儿。大女儿是南宁卫校毕业的，和老公在县城开有一家牙科诊所，把全家人包括外公外婆的牙齿修整得金光闪闪。五婶高兴，五叔也高兴。

五叔让大儿子到粮站当工人，大儿子当工人，没有学到什么技能，倒学会懒惰和好吃。过了两年粮站解散，大儿子再也不肯回家下地干农活，在镇上摆摊卖烧鸭。我每次回村里去，五叔大儿子都会提着半只烧鸭过来喝酒，还问我在南宁卖烧鸭是不是赚钱更多，我说南宁的房租也贵。

五叔的小儿子到北海打工，老板拖欠工钱，小儿子和一个工友半夜抬走老板的保险箱，还没有来得及砸开箱子，警察就把他俩包围了，小儿子被判了三年。现在，小儿子在家喂猪。五叔说小儿子是麻雀跟着公羊走，巴望羊卵掉，异想天开。

五叔总结别人一辈子，到老了村人总结他，说五叔是刀利不能削自己的柄。

不管怎样，五叔还是很乐观，像农民一样忙个不停。

如果五叔不到场，大榕树下的聊天就会少了些什么。

（原载《那里的生活》，中国文联出版社，2013年3月第一版）

美丽家园

美丽家园

发现南方，发现美丽

在南宁，有一个地方，因为一个人和一本书而被人所熟知所向往，这个地方叫石埠。石埠有个新别名，叫美丽南方。

南宁城区不断扩大后，原来被称为远郊的石埠，现在已经不再遥远。顺着江北大道西行，当沿途风光渐渐从城市的高楼林立变成绿意浓浓的田园风光，空气中开始飘散葱花的香味时，石埠就到了。这里是香葱基地，南宁人吃的葱花，大多从这里"进口"。

生态农业的春风10年前吹到这里，这里长出了甜瓜园、葡萄园、百果园、百合花基地、哈密瓜基地、草莓基地、西红柿基地、辣椒基地、香葱基地，建起了室内多功能球馆、五人制足球场、历史留痕展区、农具展区，形成了集吃、玩、住、赏、购于一体的生态农业观光园——美丽南方。一个名副其实的名字。

这是一段缘分。当年，壮族作家陆地在南宁民生码头坐船逆流而上，到石埠搞"土改"。他陪同北京来的艺术家，来石埠与农民同吃、同住、同劳动，带领农民进行土地改革。艺术家们在这里工作生活了大半年，足迹遍布忠良、和安、永安、老口、乐洲、扬美等村镇，对土改工作进行指导督查。陆地在"三同"中激发出灵感，以石埠的土改为背景，写出了壮族文学史上第一部长篇小说《美丽的南方》。

《美丽的南方》奠定了陆地在中国文学史上的历史地位。2008年，在广西壮族自治区成立50周年之际，《美丽的南方》被改编成电视剧，石埠再一次进入了世人的视野。石埠人顺势而为，巧借"名人名著"打旅游牌，综合利用生态观光农业、自然景观和文物古迹开展新型旅游项目，推动新农村建设。古老的石埠由此焕发出了新的魅力，"美丽南方"被赋予时代新内涵，生机葳蕤。

石埠是古老的，明崇祯年间已成圩。徐霞客游历广西，对石埠有记载："鸡三鸣即放舟，西南十五里过石埠圩，有石嘴突江右，有小溪注江左，江至是渐与山遇，遂折而南行。"徐旅行家描述的石埠景物，至今仍在。"石嘴突江右"就是现在的牛轭滩高石嘴。过去滩水浅，船只上行要靠纤夫拉绳，久之，高石嘴被纤绳磨出深痕。新中国成立后，经过疏浚，牛轭滩变得宽阔平坦，纤夫们结束历史使命。后来由于防洪的需要，石埠圩几度迁徙，最老的石埠老圩还在，但已不成圩，在岁月的尘埃中"闲坐说玄宗"了。

覃氏大宅也还在，在石埠那告坡不高的坡上，400多年来日夜守望着东流不息的泱泱邕江。覃氏大宅为明清时期覃氏三兄弟相继建成，依山傍水，约800间古宅排列有序，布局严谨，气势恢宏。房屋四周林木扶疏，巷道多为青砖铺砌。那告坡村口的村规民约"齐心禁约碑"为清嘉庆年间所立，条款清楚，字迹工整，200多年来规范着村民的言行举止。覃氏大宅能够保存至今，此碑功不可没。碑约还规定了村人要重文尊师。

从各个宅门上仍然悬挂的"粉署舒翘""贡元"等牌匾就能看出当年的覃氏家族家学渊源,求学上进。现在,"美丽南方"已把覃氏大宅纳入规划整合开发,赓续文脉。

石埠保留完好的古迹还有忠良村的双忠庙,为的是纪念明末名将梁云升和杨禹甸。抗日战争期间重新修葺,表达出危难时刻同仇敌忾的爱国热情。如今的忠良村道路平整宽阔,青砖黑瓦,干净整齐,一件件朴拙的老农具、"历史留痕"画廊里一幅幅珍贵的黑白相片,叙说着难以忘怀的往昔故事,似乎要把游客带回到那个激情燃烧的历史岁月。村子后面是一片橄榄林,郁葱、挺拔。陆地当年多次流连于此,沉吟、拊掌。这是很多游客点名要去看的点,想必是要沾染几丝文气。

美丽南方的美,是自然的大美。久居城市的蜗居者,单是在这,单是单纯地呼吸,已是无穷的愉快。去美丽南方,去洗肺、洗心,去发现新的美丽,去发现人间的无尽魅力。

(原载2015年2月8日《广西日报》)

扬美的明月，南宁的旧梦

左江在与右江并流汇成邕江前，柔身一转，优雅地旋出了一个扬美湾。

湾如山里妹子温婉平和，有树在岸上恣意长着，枝叶横逸，撑出一汪阴凉，便有船停靠。船自南来，船自北往。船上人家上岸歇脚，补充粮油，扬美人烟渐兴渐旺，聚拢四面来客，至宋代码头开埠，明清最鼎盛时建起码头八座，有诗赞曰：大船尾接小船头，南腔北调语不休；入夜帆灯千万点，满江钰闪似星浮。

因得水运及饮水、灌溉之利，江河沿岸麇集人口而成圩成镇，邕江及左右江莫不如是，如南宁、蒲庙、横州、峦城、伶俐、隆安、崇左、雁江、下楞、扬美等等，傍水而居，因水而兴。

宋狄青南征借道左江前，扬美不叫扬美，叫白花村，因荒草丛生白花遍地而得名，罗、刘、陆、李四姓杂居，相处和睦。狄青带来中原各方人士，邕江左江始而繁忙，舟楫交通，开拓驿道，扬美渐次繁荣，易名为扬溪村，取清溪（左江古名）环绕、扬波逐流之意。后，西风东渐，思想开化，人心向美，又更名为扬美村。

扬美名副其实。

大自然的钟秀手笔在扬美豪情挥洒，造就了扬美的神奇风光。

扬美三面环山，一面临江。山是低矮的丘陵，层峦连绵，很适合种植芭蕉、甘蔗和剑麻。在山与水之间是大片平整的田畴。左江两岸古树参天、翠竹成林。古镇沿江而建，纵深延宕，青石垒筑的古码头厚实坚固，江面上渔舟几点，悠悠怡然。一幅标准山水画的要素全都齐了。

这样的山水胜景，徐霞客当然没有漏过。徐霞客在游记中写道：盖江流之曲，南自扬美，北至宋村，为两大转云。至扬美，石始奇，余谓阳朔山峭濒江，无此岸之石，建溪水激多石，无此石之奇。至于扬美古八景"龙潭夕影、雷峰积翠、剑插清泉、亭对江流、金滩月夜、青坡怀古、阁望云霞、滩松相呼"，据扬美人说是徐霞客归纳的，言之凿凿。如此可以推断，徐老先生在扬美逗留的时间不短，至少他拜访了扬美某些古迹，领略了扬美的夕照和明月，估计也品尝了扬美的美食。左江扬美段现存的奇石——尖顶石、金蛙石、象鼻石、石马石等，据说也是徐老给起的名。

弹丸之地竟能荟萃八景，此美岂能不扬哉？

"龙潭夕影"说的是扬美湾。河湾旁有一棵古榕树，树分两枝，并肩伸向江面，如虬龙翻卷，湾因此得名龙潭。站在龙潭边举目远眺，扬美湾秀丽的风光尽收眼底。夕阳西下，波光粼粼，绿水倒影翠竹，极目处桨起桨落，落日熔金。

而金滩月夜则是扬美的别样风情了。镇对岸，江之滨，一片沙滩若隐若现，在月光下泛起淡淡的金黄色。月夜，沙滩，习习江风，拍岸波涛。想想啊，谁还能不浪漫一把？怀古也罢，颂今也罢。若是中秋之夜，全家老小围坐滩上，焚香祭月，静听天籁，心底一派澄澈空明，人生景致夫复何求？

万年的清风吹拂千年的古镇，扬美自然风光的疏朗身影中沉积着厚实的人文蕴涵。或者，应该这样说，是扬美的人文光辉照亮了扬美的花草树木。人杰与地灵共呼应，钟灵和毓秀相映衬。

建于乾隆年间的魁星楼200多年来默默守望着扬美的莘莘学子。这个状似帝王玉玺的三层阁楼至今还在供奉着关帝、文帝和魁星神，接受读书人的香火，也见证了扬美镇明清时期五位进士的无上荣光，与镇上举人屋、进士第交相辉映，弥散出浓郁的书卷气息。而当读书人投笔从戎揭竿奋起时，魁星楼又见证了辛亥革命广西会党首领黄兴、王和顺、黄明堂在楼内运筹帷幄，部署桂南各地武装起义推翻清朝。这座玲珑方形的小巧阁楼，再一次被读书人涂抹上了时代的鲜红色彩，读书人和魁星楼的定义也因此得到新的充实和提升。1996年，南宁市把魁星楼列为文物保护单位。

在历史洪流的宏大叙事中从来不乏扬美的个人体验。扬美为中国近代革命贡献了革命先驱梁植堂、梁烈亚父子。梁氏父子参加镇南关起义，梁植堂负伤牺牲。梁烈亚投身辛亥革命，继承父志，曾任孙中山的机要员，负责孙中山机要电讯的翻译，后又积极投身抗日战争和新民主主义革命，新中国成立后任上海市文史研究馆馆员。孙中山领导的镇南关起义，也曾多次在扬美的梁氏大院内召开秘密会议，商讨诸项事宜。

岁月如左江般流转，现在的扬美已然成了南宁的后院。南宁城里人喜欢来到曾被誉为"小南宁"的扬美寻找某种历史记忆，舒泄某种现实感伤。匆忙又散一盘棋，骑马来看旧殿基；夕照偏逢鸦点点，秋风只少黍离离。历史成为风景，游人和居民都在以不同的方式在风景中书写历史。

抚今念昔不啻于心灵药箱，每一次开启都能抚慰生活的侵害，平复无奈的创伤，甚至了无痕迹。

四季的雨水把扬美的青石板街洗出了本色，深深浅浅的马蹄车辙仿佛在细数商埠古镇的浮华兴衰。古街、古巷、古祠、古庙、古宅、古树、古闸门、古码头……一切与旅游有关的都被冠以古字了，这是旅游开发的需要，也是游人的需要。不过，谁又能说，临江街不是一条古街呢？在这多雨的南方，在这多变的时代，100多年来模样保存完好如初的街道，真的值得炫耀，更何况，它还将被有心人完好地保存下去。

这条古街的每一个门洞都值得进去看看。300多米长的街道两边尽是青砖黑瓦、砖木结构的明清店铺，七柱屋、举人屋、进士第、慕义门、黄氏庄园……每一扇门的后面都有故事，像描龙绘凤的斗拱飞檐，生动而曲折。若有闲情，你还可以与安坐檐下的老人一边剥着玉米一边聊着家常，听老人毛举细故诉说过往，让思绪沿着布满青苔的墙角随风飘扬。

五叠堂和黄氏庄园是扬美清代建筑的典范。五叠堂按清朝嘉庆年间中原建筑风格建造，坐北朝南，五进式，从南至北五座房子依序向上递进，取"步步高升"之意。在第一座房子大门朝里看，后一座房厅总是比前一座的略高，视野也渐渐变窄，到最后只能看到第五座的门楣。五叠堂除了第五叠是阁楼式建筑外，其他四叠构造相似，与一般南宁民居无异，房厅宽敞，廊檐相接，内墙饰以白底黑墨图画，有祥云在天、青松白鹤、牡丹绽放等。门窗讲究材质和造型，镂空雕花，合缝严密。

黄氏庄园并不遵循坐北朝南的传统，大门向西而开。这里边有说法。据说庄园原主人系江西省人氏，迁居至此后经商发迹，遂建此庄园，迄今有200多年。大门西开是明代商贾人家的习惯，据说，自西汉起，中原就流传"商家门不宜东向"的习俗，明代认为商家住宅坐东南向西北是最好的方向。此庄园虽号称庄园，却并不飞扬跋扈，总面积才900多平方米，建筑面积才区区500多平方米，砖木结构，青砖瓦房，藏巧雅致，很是符合扬美的人情世故，内敛而不张扬。倒是墙角的几株三角梅似乎毫无顾忌，开得惹眼招摇。

五叠堂与黄氏庄园两相比对，看出了建筑文明在扬美的沉积和嬗变。

对于游客而言，在扬美可看的当然不只是老街、民居和魁星楼。有着上千年光阴的古镇，早有一些历史文化淹没在荒草里了，还有一些只存在于扬美人的记忆中，看不见，摸不着。

谁能猜想，尊孔重教鼎盛时期扬美供奉八座孔庙？

要不是史书记载，谁又能料到，过去的扬美，廪生、附生、增生、太学生几乎遍布全镇家家户户？

扬美因商而富，富而重教，仕商并行不悖并蒂花开，还衍生出了颇具地方特色的商业文化。在扬美市场旁，至今还保留着一块清代禁碑，条款其一如下：

圩市所有一切屠宰，无论皮肉下水，不得灌水搭骨喂盐，如有灌水搭骨喂盐，实有害人，任从本乡外乡人等获捉，众议罚银三两六钱正归庙。其秤务宜司马，如敢抗违，呈官究治。

看到这里，当代人应该脸红了吧？先辈们制定了完备的市场规则，倡导诚信待人童叟无欺，我们一直都在遵守了吗？弘扬传统文化向来不是无章可循。我们步履匆匆急功近利，在匆忙中肯定遗落了一些有价值的东西。好在，已经有人意识到了，正在回过头去细细寻找，应验了清代禁碑"阅约怀先辈，循规仰古风"的先言。

时下，访古游受到青睐方兴未艾，无疑得益于人们对失落文明的呼唤回归。扬美古埠华丽转身成为旅游重镇，游人如织，显然，它曾经辉煌的历史文化包括诚实守信的商业道德，已经触动了当代人脆弱的神经。它的某一片段、某一传说在尖锐地刺激人们心灵的柔软处，使人震颤，惊醒。

穿越老街仿佛穿越历史，街的尽头是古老的码头。没有了廊檐和树荫的码头在太阳下一地灿烂，几个顽童在崭新的游轮四周戏水嬉闹，时光如左江之水一刻不停笃笃前行，扬美又迎来了新的发展机遇，正在开发成集会议中心、古镇观光、休闲度假、生态农业、田园风光、游泳娱乐等为一体的旅游胜地。

老树发新枝，扬美的三角梅还是那样的鲜艳红火。

再去一次扬美吧。

（原载《旧梦新月》，广西科学技术出版社，2009年3月第一版）

正在叠加的宋村往事

左江滩，右江弯，左江、右江汇合成个大湾湾。

这个大湾湾叫三江口，在南宁上游20多公里处，从三江口伊始称邕江。伸入大湾湾的岬角尖嘴上有一个宋村（又叫三江坡），面朝滔滔东去的邕江，左臂是右江，右膀是左江。

南宁古水道往南往西，都绕不过三江口。这样的要冲咽喉，注定是个"故事多发地段"。

宋村的坎坷历史，至今还没有谁能说得十之五六。

镇守咽喉的镇江楼兴了又废，废了又兴，不知几何。城楼变换大王旗是经常发生的事，据说北宋时期这个岬角就有了一座气势雄伟的镇江楼。楼的作用在于充当军事关隘，阻截外来者对南宁的侵扰。对于驻守南宁的官兵来说，镇江楼的地位远胜于昆仑关。

当地老百姓讲，民国初期镇江楼还在，高四层，三楼楼顶四周矮墙上设有垛口，供瞭望和射击之用。

面向邕江的一侧镶嵌有一块青石匾，刻有"镇江楼"3个大字，古拙苍劲；背对邕江的一侧也有一块石匾，约4尺长2尺宽，书有"合江镇"3个字。

古时的宋村一带人烟稀少树木茂盛，故镇江楼采用砖木结构，用4根大格木作柱，每根高达10多丈，从地底一直支撑到楼顶。第一层、第二层和第三层为砖木混搭，第四层则飞檐出角，由格木和琉璃瓦构成。三楼有一口大钟和一面大鼓，正常的日子里晨钟暮鼓，给过往船只报平安。

拱门圆窗的镇江楼，曾是古邕州的形象建筑。清道光庠生宋衡曾为其赋诗：合江镇又镇江楼，迎风淋雨越春秋；巧悬四柱坚如岱，妙压万重稳似钧；绣水环楼飘玉带，青山随阁伴春游；壮哉波涵光景远，宁镇三江冠邕州。

在镇江楼之外还有合江青石码头、文武阁、观音庙等附带建筑。合江青石码头共120级台阶，由石条砌垒而成。

20世纪90年代初，时人兴建大同圩亭和老口圩亭，镇江楼被就近取材了。如今，在老口旧圩江边和大同圩江边，还可以见到曾是镇江楼一部分的青石条。"镇江楼"和"合江镇"两块楼匾，也曾在大同旧圩见到，今在何处不得而知。

也好。镇江之楼如此造化，有点铸剑为犁的味道。

有关部门正在遗址上规划重建镇江楼。

河清海晏时，右江和邕江交接的文钱滩曾形成水陆圩市，人称厘金圩，以边贸互市为主，安南的槟榔、缅甸的玉器、印尼的象牙、泰国的木雕顺左右江而来汇聚，国内各地货物沿邕江而上，从左右江播撒到东南亚各国。凭借镇江楼，军队和税官可以控制左右江和邕江过往船只，征收关税。

扯起镇江楼的古，可以扯得像左江那么悠长，像右江那么曲折，故事的主旨不是干戈就是玉帛：

抗日战争时期南宁两次沦陷，楼的废墟上曾被日本侵略者搭起工事。更早以前的故事则因年代久远而变成传说了。传说，伏波将军马援经三江口南征交趾，班师回朝后在宋村附近铸铜柱铭刻战功。明代诗人张佳胤的诗作《阅视南宁城》提及此事：炎郊春望白云浮，指顾提封一瞬收。睥睨青依千嶂出，楼台声绕二江流。当时铜柱留遗事，此日旌旗岂漫游。敢告边关司牧者，西南轻重本邕州。

传说，不知是哪朝哪代了，"邕州三江口，神仙也来游"的大名声传进皇宫，惊动了皇帝，皇帝便派国师到三江口察看。国师发现三江口是藏龙卧虎之地，为保社稷安康，用神箭把龙虎射死。到如今龙虎之地还是素面朝天寸草不生。

还有关于文钱滩、花仙泪、官台石和白鹤颈等凄婉伤感的传说。

传说是故事的演绎，姑且言之，姑且信之。

在左田右竹、前塘后江的宋村，考古的发现却是凿凿有据。

20世纪80年代，宋村村民无意中挖掘出多块西汉时期墓葬品铜剑、铜鼎、玉片。据专家推测，类似墓葬在宋村一带一定还有不少。唐宋时期的钱币更是常见。

至于宋村的记载，徐霞客游记中就有介绍：前临左江，后崎右江，乃两江中央脊尽处也。其东有村曰宋村，聚落颇盛。北宋时人烟稀少的宋村一带到了明代已是"聚落颇盛"。

据宋氏族谱刊载，宋村始祖叫宋伯满，原籍山东省青州府，于明朝弘治元年间来到南宁府，在南迁途中经浙江余姚时与少年王守仁相识。嘉靖年间王守仁任两广巡抚，在南宁北门街口建敷文书院，宋伯满携妻扶子去请教。后王守仁到宋村并种下大榕树以作村胆。王守仁死后宋村人感念而建庙"大圣观"，一并供奉北帝、马援、狄青、苏缄等。20世纪

40年代大圣观失火，烧了三天三夜而破败，60年代在大圣观原址上建起了小学校，王守仁种下的那棵大榕树已经长成四五个人环抱不过，树荫匝地有两三亩之宽。

宋村人还说，南宁的老友粉、老友面是他们宋氏先人首创的，挑痧疗法也是他们发明的，解决了南下的北方将士水土不服的疾病。现在的盛夏时节，宋村人还经常搞一大锅"酸笋蕹菜辣椒汤"来吃，说是老祖宗流传下来的，可以防治伤风感冒。

因为宋村的风水好，是"七星伴月管将相，两水夹沟出王侯"之地，明永历皇帝的嫡母王氏皇太后死后就葬在宋村附近，墓葬地叫兴陵，民间俗称皇姑坟。宋村人又多了一个身份：明陵守陵人。宋村的先贤宋子贤公是"明皇陵司主事"。考古学家说，这座广西境内的皇家陵园不仅葬着皇太后，而且很可能也葬着永历帝朱由榔的父亲，是一座"鸳鸯墓"。

皇姑坟包括陵基、祭台、拜庭、陵坪、陵塘、陵背、陵嘴、陵门口和前仓后库等部分，俨然皇家陵墓气象。初时的皇姑坟四周立有石柱以示禁，神道有石狗石狮和华表，南明朝江山不保后吴三桂也曾"修永历嫡母陵"。据说20世纪30年代初官府兴建东南圩（圩址在今西乡塘区金陵镇东南村），拆除皇姑坟的三进拜庭和祭台，石础石柱青砖挪作圩亭之用，皇姑坟始而颓败。南宁保安大队也曾在宋村驻扎，在皇姑坟岭上挖战壕时挖到了陵墓的外墙。20世纪60年代"深挖洞广积粮"时在皇姑坟主陵附近挖到一个黄金小人和两只银蟾蜍等古物。2003年11月自治区和南宁市文物考古部门对兴陵进行尝试性挖掘，发现了拜庭四个柱基和大批的明代青砖、青瓦和铜钱。考古人员推断：皇姑坟当年规模宏大，与史书记载相吻合。

枕着三江的波涛，宋村阅尽千帆，却依然屹立沉舟侧畔，燹火掠过如草木经冬，春来又绿。

恰逢盛世，宋村的文化价值和旅游潜力正在被越来越多的人所发现。有人说，人文名胜和风光景物结合最好的，在南宁范围内非宋村莫属。

游览宋村，各代各式的匾额如"镇龙里""仁安坊""正大遗风""仁慈""忠贤""嘉庆流芳"古色古香，每一个匾额的后面都蕴含着或长或短的历史故事。

2013年，宋村被列入第二批中国传统村落名录。2019年，宋村入选第七批中国历史文化名镇名村名录。2020年，"南宁三江口景区项目"隆重开工，该项目按照历史文化名村保护与合理开发有关要求，以保护和复兴为主题，对传统建筑进行升级改造，保留并修复部分古建筑，保持和延续古村传统格局和历史风貌，还原古村韵味，镇江楼、皇姑坟、大圣观、宋氏祠堂都在恢复重建之列，昔日闻名左右江的合江庙会、水陆道场、菩萨出游、唱大戏、唱师公、唱春牛等民俗活动也在恢复当中。

宋村，故事之上又一个时代新事在叠加，在生发。

（原载2021年3月23日《广西日报》）

海棠桥在念槎江

一

在横州（为横县下辖镇），做一个文人应该是幸福的。

事实上，横州也出过不少文人。

在这座老得不能再老的古城，随意一棵古树两片顽石，都入得了文人的法眼，成为怀古诵今借景抒情的道具，附丽着重重传奇。历史过客影影绰绰，泛起涟漪如同槎江投石，转瞬即逝，无踪无影，而当一代词人秦观的背影远去，慢慢消融在槎江的茫茫雾霭中时，却乍地惊起满城的文人追风而去。

文化，以自觉和动感的方式，把横州带进了宋人的视野。

秦观，横州历史文脉最清晰的一笔。

也因秦观，槎江边上的海棠桥从此就叫海棠桥了，叫得天下都知道横州有个海棠桥。

槎江是邕江下游横县段的古称，槎江边上槎江路是横州最古老的街道，浮槎馆、海棠桥、海棠亭就坐落在路的尽头，现在辟为海棠公园，在浮槎馆（淮海书院）旧址上新建起了横县博物馆。

说起横州，再怎么绕都绕不过秦观这块儒雅硕大的顽石。秦观之后，横州郡守刘受祖在《海棠桥记》中写道：今之言宁浦（横州）者，必曰海棠桥，言海棠必曰秦淮海。是州以海棠桥重，桥以秦淮海重矣。桥名海棠，未可更也。

写出千古名句"两情若是久长时，又岂在朝朝暮暮"，官至太学博士、国史院编修的秦观秦淮海，如果在横州被编管也就是被监视起居期间，悲观消沉借酒消愁一事无成，倒也情有可原，可他偏不，不甘寂寞，喝酒不消沉，和唐朝文学家柳宗元被贬柳州时一样，开馆授徒，开启民智，传播中原文化，教习农桑技艺，教化当地民众，传授作文法度，因而赢得横州民众的敬仰。

酒是好东西。李白斗酒诗百篇，秦观酒后题海棠。那一天，秦观走过香稻溪上的海棠桥，到溪边老友祝秀才家喝酒，醉意朦胧中趔趔趄趄扶墙而返，香稻溪两岸烂漫绽开的海棠花一时惹起了他的诗情，一首《醉乡春·题海棠桥祝生宅》从此传遍天下：唤起一声人悄，衾冷梦寒窗晓。瘴雨过，海棠开，春色又添多少。社瓮酿成微笑，半缺椰瓢共舀。觉颠倒，急投床，醉乡广大人间小。

桥，早就有了，只因这首《醉乡春·题海棠桥祝生宅》，后人便把桥名改为海棠桥，桥也从此与秦观紧紧连在一起。

除了《醉乡春·题海棠桥祝生宅》，秦观居停横州年余还写下了《浮槎馆书事》《月江楼》等诗词，修辞工巧精细，音律和谐柔美，情韵缠绵反复，给横州带来一股清新的文风。

这是横州的幸运。

在槎江路翻拣横州先人旧事，想象秦观独自凭栏把栏杆拍遍的模样，想象海棠花的宋代风姿，发一把怎样的感慨都不过分。是啊，秦观也曾这样感慨：苍梧云气眉山雨，玉箫三弄无今古。

秦观以降，九百多年又过去了，桥还在，海棠不再，恋恋风尘是那槎江春水漫卷而来的俗尘浮泥，在桥面停留，在桥面消失，年复一年。

明建文帝朱允炆来了，是仰慕秦观而来的吗？还是喜欢这里的"山耸而奇，灵而秀，葱郁而伟丽、泓清而泉洌"？建文帝"遁迹"横州难免落寞，百无聊赖之下写了"阅罢楞严磬懒敲，笑看黄屋住团瓢，南来瘴岭千寻险，北望天门万里遥。款段久忘飞凤辇，袈裟已换衮龙袍，百官侍从归何处？惟有群乌早晚朝"这样无奈的诗章，但也透出他的散淡与豁达。他在宝华山上隐居了十几年，漫步山野，以观朝烟之景来养神，多品花果名茶以明智。相传，颇受茶客青睐的横县南山白毛茶就是建文帝在南山栽培而成，故又名"圣种"。清嘉庆年间，南山白毛茶被列入全国二十四个名茶目录中。民国期间，广西省政府给南山白毛茶题赠"品胜武夷"匾额。清代及民国初期，多为进贡及上层人士享用，部分远销港澳。

现在的横县成为全国有名的茶乡，跟建文帝应该有所牵扯吧。在横县茉莉花茶的淡雅清香中，谁能参透老茶树下盘根错节的千年沧桑？

那个写出"墙上芦苇头重脚轻根底浅；山间竹笋嘴尖皮厚腹中空"的解缙来了，登上月江楼赋诗几首，走了；徐霞客来了，弃船上岸，看看海棠桥，不知说了什么，走了；还有马援、费贻……这些历史名人来了又走了，留一段史实留几个故事赠予横州。

故事流传久了就是文化，沉淀在街巷阡陌间，浮现出来的是像海棠一样的花，褪尽东风满面妆，淡极始知花更艳。

二

横州和槎江的得名来源于晋代的董京。相传，隐士董京避居简州

（横州）时，某个秋夜泛舟于槎江上，见一神仙乘浮槎（带有树枝的木筏）而来，横槎于香稻溪与槎江的交汇处，神仙光彩照人，浮槎枝叶扶疏有致，董京移舟拜谒了神仙。从此后，"横槎"二字分解，简州改名横州，江也改叫槎江了，横州也曾取名槎江镇和槎城镇。

横州的开化和发达得益于水系发达交通便利。近年来在横州及其周围出土了西周的铜钟、汉代至宋代的铜鼓、各式钱币、陶器、瓷器等。文物的丰富促使了横县博物馆的建立，镇馆之宝是元青花"尉迟恭单鞭救主"圆罐，馆藏的《夫子杏坛图》也弥足珍贵。

自古横州就是富饶之地，靠山临江，田垌平展，山可资俊杰，水可资灵气。专家认定横州是稻作文化发源地之一，适宜的土壤和气候非常有利于野生稻的驯化和水稻的种植。秦观赞叹横州：鱼稻有如淮右，溪山宛如江南。丰盛的物产促进了人口的繁衍，横县是南宁人口第一大县，数量超过一百万，虽是县城却比某些城市还大许多。

发达的交通使得横州长期接受外来文化的浸染，也造就了横州海纳百川的商贾性情。在陆路交通兴起之前，位于南宁和广州航道中间位置的横州曾经一度快速发展，商业、航运业和第三产业并驾齐驱。现在的横州以水泥、电力、皮革制品、纸箱纸袋、食品、花茶加工等产品为支柱产业，以工商业、服务、饮食、建材为主要行业，有世界上最大的新鲜茉莉花交易市场，是中国第四大茶叶流通市场。

三

到老街走走、看看，已是横州旅游的一部分。

横州古八景大多还在，每一个景点都是一部历史古籍。古城墙不见了，城墙上的月江楼也不见了，昔日废墟上新建起的月江宾馆在古老的槎江路是那样的安详宁静，在宾馆楼顶看郁江是新的"月江澄练"，每当皓月当空，登楼远眺，郁江确有"江波日去月不流"的瑰丽雄奇。"百鸟归巢"还在，鸟却没有明代的那么多了。日月不淹，春秋代序，横州正谱写新的篇章。

江边的民国骑楼街还是原来的规模，只是有些颓败驳杂了，房里住着人，房后就是槎江——现在改叫郁江了，间隔不远便有幽深的小巷通往江边。小巷高低不平，像起伏的韵脚，配以参差的背影，很像秦观的长短句。斜阳拂江树，巷陌不寻常，多少故事，多少风流。在这些古老的街巷流连久了，仿佛连人也回不来，听随那汲水的姑娘柔柔牵手，那粉藕一般的纤手，走进小巷深处，走进故事深处。

与古八景相辉映，西津湖风景区、宝华山风景区、沙江旅游区正以新的姿态丰满着横州旅游的形象。

历史给横州留下了一笔取之不竭的财富。而美食，也给横州的财富颊上添毫，多了一分世俗的亲切。食客们都是奔鱼生而去，横州鱼生的名气毋庸再说。只要提起，钟爱此味者顿然口舌生津，食指大动。

消受鱼生是一种人生享福，而在槎江路享受则是一种心境，最好是在傍晚，是在海棠桥边，品尝美食，饱览秀色。有机缘者能看到海棠暮雨，看郁江烟岚雾霭缠绵在海棠桥上，聚云成雨，转瞬即逝，如虚似幻，桥面却已星星点点。

如斯，做一个横州人，真好。

（原载《旧梦新月》，广西科学技术出版社，2009年3月第一版）

蒲庙故事主角

一

蒲庙镇教人最难忘怀的是街中心的周正端庄的五圣宫。

五圣宫是一座庙,建于清乾隆年间,因奉祀北帝、龙母、天后、伏波、三界"五圣"而得名。五圣共一庙,实属稀奇。而庙建在街中心,庙门两翼就是商铺门面,人神共处,各得其所,这在别的地方更不多见。更令人称奇的是,相传庙虽然处在多棵大树之下,但庙顶却从没有落叶存留。稀奇与神奇,给五圣宫披上了神秘的面纱,吸引着远近香客前来拜祭。

蒲庙因庙而得地名,但此庙并非五圣宫,而是"蒲庙"。很早年间,蒲庙上游八尺江畔的那连镇是商业重镇,广州、梧州、南宁、百色等地的商贾沿水而来,收购蔗糖、布匹等,但因八尺江水深只有八尺,大船只能在蒲庙停泊，商贾再换乘小船或者上岸走陆路到达那莲，久而久之，蒲庙自然就形成了物资中转集散地。

蒲庙附近有个讲壮话的老太婆，经常在客商们歇脚的大树下摆摊卖粥。老太婆心地善良，看到有困难的客商她能帮就帮，不吝钱财，深得过往客商和当地群众的夸赞，很得人缘。后来，好心的阿婆去世了，客商们非常怀念她，一起筹钱在她卖粥的地方为她建了一座庙。当地壮话把"老太婆"叫作"蒲"，这座庙就叫"蒲庙"。后来蒲庙发展成为圩镇，蒲庙也因此得名。

蒲庙成为圩镇开辟码头之后，过往客商大多乐意停靠，上岸歇息补充给养。一些广东客商为了能在上岸之后有一个祈福禳灾之所，专程从广东运来砖瓦木料，建成了五圣宫。

在蒲庙和五圣宫之后，蒲庙镇相继建造了多座庙宇。在蒲庙镇所有的庙宇中，蒲庙在当地群众心目中最为神圣。史书说"蒲庙古时多庙"，确是事实。五圣宫是"开市以来，即有斯庙"，这说明蒲庙由于处于交通的交汇处，多种文化和谐相处，兼容并包。

蒲庙在成为邕江主要码头后持久地焕发出了商业重镇的魅力。五圣邀三江，八音扬四海。至1731年，蒲庙的商贸活动日趋鼎盛，农历三月十二就被定为蒲庙开圩日，标志着蒲庙中心圩镇地位的确立。

从此，蒲庙又多了一个节日，多了一份高兴的理由，开圩日成了蒲庙最为热闹的节日，民间自发组织的民俗活动轮番登场，请福龙、转宝塔、放水灯、放生等，各式活动声色俱全，老老少少涌上街头，尽情尽兴，图个乐子。

有人说，开圩日是东方的狂欢节。

五圣宫也不寂寞，各家各户摩肩接踵前来供奉五色糯米饭和鸡鸭等，香火缭绕。

现在，开圩日沿袭举行两百多年后演变成了蒲庙的旅游文化美食节，古老的节日注入了时代的新内容，吸引了南宁等地的观光者和商人。

二

蒲庙老街不大，马槽般狭长，民间有"五马归槽"之说。临江靠山，一个十字街口散射出五条不长的街巷，全是骑楼式建筑，面向马路的楼房正面用立柱撑起楼板作跨骑状，楼上住人，楼下做商铺，一座座互相连接后成为一条长廊，既便于行人遮阳挡雨，又可方便顾客进店购物。这种既方便行人又可扩大面积的建筑样式，很适合我国南方潮湿多雨和多洪易涝的地理气候。

骑楼的好处是方便别人的同时也方便自己，前后门与左邻右舍相通，串门方便，一家炒菜三家都闻着香。加之都是两家共一堵墙，休戚相关，大家都很注意维护邻里关系。与现在火柴盒式住宅楼的冷硬相比，骑楼中的人情味让人恋恋不舍、念念不忘。

蒲庙老街的老相显而易见，像被岁月和人们遗弃经年灰白的砖墙，勾缝的地方长出灰白的硝，不知粉刷过多少次的白墙已是斑驳的暗青色，去年的春联和门神还在门上，钟馗的脸不见了半边，有些怪诞，从街中轰隆而过的小四轮给老街平添了几分惶惑的旧色。

横七竖八的电线穿过街心，把小巷分割凌乱。

门面都全开或半开着，老人们坐在门边，半闭着眼睛抽烟，对隔壁棋牌室的喧闹无动于衷。

或许，过去的梦还在老人的梦里延伸。对活在梦中的人来说，这样的生活暴露在车轮滚滚的现代化进程中，真不知道还能保持多久。这样的场景令人悲壮。

码头下，几只木船安静地泊在水中。

时光流去，总会带走一些什么。

也许有一天，当这些浸透日月风情的骑楼随风消逝，我们也只能接受，我们的目光总是朝前的。倘若偶尔冒起回望的情绪，就让那些曾经的勾栏酒肆和曾经的熙熙攘攘，温暖我们的回忆。

据说，蒲庙老街正被列为文物保护对象，正在进行保护性修葺。

好事一桩。一个圩镇、一个城市给人的感觉就在大街上，温馨与冷漠，从对待行人和顾客的细微处就能体察得到。

是谁说了，忘记过去意味着背叛未来。

三

离五圣宫不远，就是全国重点文物保护单位——顶蛳山遗址。

遗址面积5000多平方米，是目前已知的广西境内保存面积最大，出土遗物、遗迹最丰富，最有代表性的新石器时代贝丘遗址，被誉为1997年全国十大考古新发现之一。这是新中国成立以来广西在文物考古领域中首次获得的殊荣，也是中国原始文化序列中第一个被冠以广西地名的史前文化，其意义之大当然非一般遗址可比。

目前，顶蛳山贝丘遗址出土的标本有蚌刀、石斧、夹砂粗陶片及多种兽骨。对这些标本的研究和情景复原，对于揭示邕江流域乃至珠江流域人类如何生存发展的模式提供了更广阔的想象空间，对于不同于黄河、长江流域的古人类的生存方式有着更全面的认识，对于解释史前岭南文明与中原文明、东南亚地区的文化交流有极其重要的意义。同时，对认识广西地区史前文化的特征和内涵，构建广西史前文化的基本框架和序列，确立广西在中国史前文化中的地位等均能产生较大的影响。

此外，蒲庙周边相继发现了十多处遗址，其中石船头、青龙江口、天窝等三处遗址被列为自治区级文物保护单位，有专家推断，南宁市邕宁区是壮族的起源地之一。

发现在继续。

如是，蒲庙以文化的方式赢得了多一层尊重。

而中原文化南迁的标志，又以蒲庙轩辕庙为另一个例证。五圣宫旁的轩辕庙据查为广西仅有或者仅存。人文始祖黄帝的血脉根须穿越黄河长江，在万里之外的邕江边昭彰矗立，深度诠释了"我的中国心"的真实内涵。由此，也让我们理解了岭南人氏孙中山的祭黄帝陵词：中华开国五千年，神州轩辕自古传，创造指南车，平定蚩尤乱，世界文明，唯有我先。

为什么，在广西区域内，轩辕庙唯有蒲庙是硕果仅存？

在壮族中心区，轩辕庙的存在还能说明什么问题？

不难理解的是，明清以降，蒲庙地区壮汉文化的交融已是很自然的事了，五圣宫后山的岭南风格清代建筑群、离五圣宫不远的北觥村古宅，就是壮汉两种建筑风格融合的代表。

与建筑形式的相互交融一样，来自珠江三角洲的疍家文化在蒲庙一带也能生根发芽，与壮族文化花开两朵。疍家人以港为家，以舟为室，无论是在服饰、饮食、居住方面，还是在性格、婚俗、宗教等方面都自成一体，形成了独特的疍家文化。水运兴盛时，蒲庙、伶俐、长塘、那莲、良庆等邕江沿线码头到处都是疍家人，水上民歌此起彼伏。开船起锚之际、掌舵撑船之时，疍家人都会引吭高歌。日常生活中，疍家人可以即兴编唱，唱词信手拈来，以歌代言，唱歌成了生活的一部分。随着水运的式微，疍家人告别了船桨，搬到陆上生活，疍家文化也跟随上岸。每逢重大节日，盛装的疍家人聚集蒲庙码头对唱民歌，招引着众多的观众。如水一样柔软婉转的疍家民歌悠悠荡开，让人有生活在别处的新鲜感觉。

蒲庙镇被划入南宁市区后，名义上是不存在了，也许再过不久，蒲庙二字也慢慢淡出人们的视野，化为历史的一页存在于人们的记忆之中，成为故事。

有故事的地方每天都在上演神奇。

（原载《旧梦新月》，广西科学技术出版社，2009年3月第一版）

地灵可久处，人杰自风流

两千一百多岁的芦圩，是一棵不老树，在"平畴一望天豁岚空"的宾阳大地深深扎根，长成伟岸的风景。

能让一棵树长得枝繁叶茂的地方，一定也能让人活得像模像样、有滋有味。围绕这棵雍容大树，有滋有味的芦圩人建起了南桥、科试院、回风塔、恩荣坊，并且精心修枝剪叶，细心呵护大树的成长。在树的浓荫下，芦圩人游彩架、舞炮龙、织壮锦、弹丝弦，把一出生活大戏演绎得活色生香，长盛不衰。

钟声还在回响

当年，离现在不远的清代末年，这里每一年半就响起一次钟声，芦圩的思恩府科试院的院试开始了。

思恩府科试院在清朝初年就设立了，思恩府在芦圩设立考点，考试用的"试棚"非常多，足见这里教育的发达和考生的众多。

事实上，芦圩本来就是出人才的地方。旧宾州八景诗中，就有"朝霞石壁产英豪"之句，言非自夸。

明代时，芦圩因为教育家王阳明的到来，一时领得风气之先，拓宽了教与学的视野，提高了教与学的档次。蒙大赉进士就是得益者的杰出代表。

蒙大赉，芦圩同义村人，出身于书香门第，于明嘉靖二十九年（1550年）中进士，授官礼部仪制司主政，后任刑部南京尚书郎中、北京兵部武库司郎中、南京刑部山西司郎中，明世宗封为"国舅"，恩准大赉在家乡立"恩荣坊"一座，以念父恩和乡邻教诲。现在芦圩南街西望，即可看见1997年在旧址上恢复建立的恩荣坊。

五岭以南开化较晚，湘漓因灵渠贯通后北风南渐之气始盛，得地利之便的桂林于唐大历年间诞生第一座官学，晚唐出产第一个进士曹邺。离桂林千里之遥的芦圩，位于广西南北通衢之处，据说唐贞观年间即建有孔子庙，传习孔教；宋元时期始设州学，明朝建学宫，明嘉靖年间设文书院的同时，出了一个"国舅"进士，轰动当时朝野。怎么说，宾州都称得上不落人后。延至清代，雍正年建试院，乾隆年设宾阳书院，清末，创建中学堂、两等小学堂、师范传习所等。

清末，全国废除科举制度，大力兴办学堂，思恩府科试院被用来创办思恩府中学堂，随后改为宾上迁中学，1926年改为广西省立第十二中学，即宾阳中学前身。百年沧桑之后，砖木结构的科试院仍能保持基本原貌，足以证明芦圩人对教育的敬重，这也是广西唯一一座得以保存至今的科试院。

科试院坐西北向东南，几经修缮后当年的威严还在，正门的两根大柱像托塔天王注视着考场的每一个角落，月亮门、青砖廊檐、石板巷道却又温润秀气，书页般的白墙黑瓦，眉清目秀。一棵非常茂盛的古榕雍雍穆穆，像饱读诗书的长者，慈祥可近。隔着院墙，职业技术学校的钟声琅琅，悠然回荡。

南街壮锦开新花

在南宁，人们送人礼物时很容易想到壮锦，就像外地人去了苏州杭州，当地友人多以丝绸苏绣相送。

壮锦沿用壮族人喜欢的色彩，花纹图案近似于剪纸图案，富有壮族特色。这样的布多用作装饰面料，用于床毯、被面、围裙、背带、腰带、手提袋、头巾、衣边装饰、壁挂巾、锦屏等。传统的图案以花纹、回纹、水纹、云纹等为主，加以各种小花图案，比较复杂的图案有蝴蝶朝花、双龙抢珠、狮子滚球等二三十种。整体效果以红色为背景，图案浑厚大方、线条粗壮有力、色彩艳丽、对比强烈，具有较高的艺术价值和浓郁的地方特色。

传说，一名叫达尼的壮族姑娘，看到细雨中的蜘蛛网在阳光照耀下五彩斑斓而得到启发，萌生了编织五彩布的灵感，她用五光十色的丝线为纬，原色细纱为经，开始编织了一个美丽的梦想，从而诞生了美丽的壮锦。唐宋时期壮族地区开始织造壮锦，明清时期达到鼎盛，壮锦被视为我国四大名锦之一，一度被当作贡品。南宋范成大《桂海虞衡志》记载，壮锦当时出产于广西左江、右江，称为"緂布"，其质"如中国线罗，上有遍地小方胜纹"。到了明代，壮锦越来越流行，工艺也越来越精湛。万历年间，织有龙、凤等花纹图案的壮锦已成为贡品。清初，织锦成为壮族妇女必学的一种手艺，锦布也成了壮族人民日常生活中的装饰品。如今，壮锦作为礼物送人依然得体大方。

二十世纪六十年代，宾阳壮锦开始打入国际市场，远销日本、美国、加拿大、印度、菲律宾等国家和我国港澳地区，以其织工精巧，图案别致，色泽绚丽多姿，质地耐用，深受顾客欢迎，工艺大师梁树英被授予"中国工艺美术大师"的荣誉称号。

时代在进步，壮锦这一古老的民族工艺如今在广西其他地方很难见到了，而在芦圩南街却还有人在传承着。南街是芦圩最古老和最有名的街道，曾经的商业中心，明清时期数百家店铺绵延五里，又称五里街。夹河树苍苍，华馆五里连。南街现在老了，商家都搬到更宽阔的新街区了，南街显得有些落寞，以前放柜台货架的地方现在摆放着古老的织布机，有人还需要壮锦，这些织布机才没闲着。其实，编织手艺一直是南街的老传统，竹编、壮锦和瓷器并称为"宾阳三宝"，是宾阳传统手工业的支柱。印染布料大行其道后，编织业日渐式微，手工布和壮锦因为产品稀少转而成了民族文化工艺品，得到保护和弘扬。南宁国际民歌艺术节和中国—东盟博览会期间，有不少外国人慕名上门购买，一些团体也有订单。

现代的壮锦纯粹是艺术品了，壮锦人的眼光时刻瞄准艺术市场和国际市场，用料、构图、色彩跟着市场潮流走。在南街，手工艺爱好者在师傅的指导下，还可以自己动手，编织个性十足的壮锦。

借着广西与东盟的广泛合作，宾阳县再次发现了壮锦的开发价值，正在积极打造壮锦品牌，融入国际市场，让美丽的壮锦编织出更加美好富裕和谐的新生活。

在南街，因生产和经营壮锦而发达的大有人在。

年年炮龙节

宾阳炮龙节入选了国家级非物质文化遗产保护名录。

每年农历正月十一，便是宾阳县城芦圩镇的炮龙节。这个节日虽是芦圩特有的，但却很有魅力，吸引四面八方的数万游客前来看热闹。在很多人看来，这是最热闹最隆重的节日，震耳欲聋的鞭炮声响彻通宵，大街小巷充塞着喜庆的硝烟。

春寒料峭的芦圩在节日之夜仿佛时光倒转回到了三伏天，熙熙攘攘、哈气成云、挥汗如雨。

这是一个还没有说清源流的节日，芦圩人说不清楚，宾阳县志也没有明确记载。南街人说是从南街兴起的，姑妄听之，但兴起的缘由南街人也说不上来。还有一种说法，说是清朝期间广东的卢姓三兄弟从广东带过来的。

确定哪一种说法是专家们考证的事，在芦圩人的记忆里，炮龙节一过就过了两三百年，也带动了周围的黎塘、邹圩等镇的居民跟着过节。

快乐也会传染。

依我看来，炮龙节是豪华版的舞龙舞狮。

每年过年，很多地方都有舞龙舞狮的习俗。龙狮队边走边舞，敲锣打鼓送福上门，主家要悬挂"利是"于门楣上方，逗引龙狮采青，采青过程中主家要不断地燃放鞭炮，增添喜庆气氛，也增加采青的难度。按惯例，炮声不停龙不走，往往一户人家就要烧上十把二十分钟或者更久，带有一点儿炫耀的味道。

炮龙节选定正月十一举行，还有添丁贺喜的意思。正月十一是宾阳及周边圩镇的添丁节，也叫灯酒节，当年新添男丁的人家在这天聚会庆祝。现在的芦圩还保持这个习俗。炮龙节白天，添丁人家聚在一起凑份子喝酒作乐，酒后各自回家准备，迎接送福上门的龙狮队。一般说来，添丁人家燃放的鞭炮是要多些的，"利是"也比较丰厚，龙狮队也舞得特别来劲。

炮龙节讲究仪式程序。

龙狮队出发前要举行开光仪式，请龙下凡。随后，由龙牌开路，锣鼓队、八音队、火篮队跟进，几十条炮龙亦步亦趋，甩头摆尾，口吐火舌。炮龙所经之处鞭炮齐鸣、烟花四起、人头攒动。那个闹热劲不说也能想象了。有人说这是东方式的狂欢，但西方的狂欢节哪有这般闹腾？看热闹的要戴口罩堵耳塞，有的还戴着摩托车头盔，绑着裤腿，以防四处乱窜的鞭炮钻进了脖领裤脚。而舞龙者更是全副武装，免得引火烧身，裸露的地方涂抹花生油，以防鞭炮粘身开炸。

老人说，炸龙头能带来头运，龙身被炸得越烂主家越吉利。于是，接福的鞭炮在龙头上炸，在龙身下炸，这就是炸龙。有人又把炮龙节叫作炸龙节。舞的惊惊，看的炸炸，敲锣打鼓的还得时刻准备扑灭龙身上的火；调皮者连打鼓的也不放过，鞭炮扔到鼓面上，打鼓的自顾不暇，锣鼓戛然而至，便只听见炮声了。

舞龙者除了要躲闪鞭炮的狂轰滥炸，还要注意保护与龙共舞的寻福人。都说是闯一下龙肚，晦气尽消；拔几根龙须，运到财来；摸一摸龙珠，必得贵子；拍几拍龙头，官升几品。龙过处，胆大的瞄准空隙穿过龙身，胆小的就慌忙伸手，抓到一片龙鳞、几根龙须都是好兆头，能带来一年的好运道。这也是游客最乐意参与的环节。舞龙者有时会放慢舞步，配合寻福的生手完成幸福的仪式。

从街头到街尾，挨家挨户舞下来，一条龙单单剩下骨架子了。人们燃起火堆，奏响八音，把龙投进火中，送龙归天。至此，炮龙节就算结束了。在火堆上，就会有人架起一口大锅煮"龙粥"，舞龙勇士和观众都可以分享，说法是吃了龙粥能保一年无病无痛。粥吃完，天也亮了，大家还围在一起说说笑笑，意犹未尽。

炮龙节久盛不衰，与宾阳是鞭炮产地也有关系。外地有学芦圩的，也想搞搞狂欢，但群众不接受，实在是买不起这么多的鞭炮。看来，炮龙节这个商标是没有人抢注了，好在炮龙节也得到了国家的承认和保护。

丝弦戏之戏

看当年，远在武鸣府城的思恩府知府忙完公务后便急忙赶往宾州，在宾州过夜。有谁知道，他是因为害怕沾染上府城的瘴气，还是为了享受动听的宾州丝弦戏？

小时候，拖沓木屐，跨过南桥去听丝弦戏，是很多芦圩老人挥之不去的甜美记忆。在那个没有广播电视的年代，看戏听戏成了很多人最大的享受，也使得许多戏班子能够生存并壮大。

那时的芦圩流行丝弦戏。

戏场晚晚有演出。办大事的人家唱堂会，黄包车停在后台，随时听从"角儿"的使唤赶场。走在街道，经常能听到或柔美或豪放的唱腔，一地抒情。

丝弦戏因主伴奏乐器是二胡、京胡而得名。

丝弦戏是外来戏种，何时何人传入，说法不一。一说清嘉庆五年（1800年）前后，有一名叫文符采的艺人从桂林来宾阳传教桂剧，后吸收邕剧特点及芦圩本地语言、民情，经融合而逐渐形成；二说桂剧班来演出，班中一名伙夫病倒被遗弃在宾州，康复后在宾阳教戏并创出丝弦戏；三说清乾隆末期，湖南一白姓丝弦戏艺人南下沿途卖艺到南街，办班传艺。此外还有别的说法，且不管它。

反正，这个好听好看的戏种在芦圩在宾阳落地生根抽枝拔节。清道光之后，唱丝弦戏成为一种荣光的营生。两广总督陆荣廷曾邀请戏班到武鸣演出整整一个月。抗战前夕是丝弦戏的鼎盛时期，戏班子远到百色、南宁、柳州及广东各地演出。秋收过后是演出的黄金季节，各地庙会、嫁娶人家甚至赌场开张，都会请唱助兴。

丝弦戏以文戏为主，武戏较少，行当齐全，生旦净末丑一个不落。演出以生、旦、丑为主，生角有老生、武生、文生；旦角有老旦、正旦、花旦、小旦、武旦；丑角有文丑、武丑、小丑；花脸有大花脸和二花脸。服装、台本、表演程式等与桂剧大致相当。民国以前，戏班全是男演员，旦角男扮女装。

丝弦戏曲调属皮黄系统，问字要音，随字行腔，语言注重本土化。唱腔分南北两路，南路有首板、滚花、二流、慢板、忧腔、阴调、断弓、一字板、流水板等；北路有首板、滚花、二流、慢板、断弓、高腔等。乐器以二胡、京胡为主，秦琴、唢呐、笛子为辅。打击乐器常用战鼓、板鼓、苏鼓、文锣、武锣、曲板、木鱼等。有专业人士据此认为，丝弦戏渊源可以追溯到中原地区的汉族客家音乐，在发展中吸收南方音乐艺术精华，融入岭南民族文化。

丝弦戏使用宾阳话演出，宾阳人又把它叫作宾剧。能够接收外来文化并使之本土化，是宾阳人性情开放海涵四方的体现。史实是，古代的芦圩是一个移民城镇，且因商业的高度发达而养成了有容乃大的宽广脾气。

可惜，与其他地方戏种一样，丝弦戏也面临着濒临失传的境地。

在南街，偶尔还能听到两三声丝弦，吱吱呀呀，那是老人们的怀旧感叹。

行内人叹说，宾阳丝弦戏是艺术园地的一朵奇葩，表现出十七八世纪以来岭南民间艺术的独特表达方式。若能传承光大，善莫大焉。

（原载《旧梦新月》，广西科学技术出版社，2009年3月第一版）

小城大丰

一

大丰，一个鲜活有趣的小镇。

单就名字，不可以"大丰收"来解，这是壮话的汉音，"大"是河流，"丰"是水葫芦，大丰的原意是水葫芦河，指的是绕城而过的那条河。后来，城就叫大丰城，河改叫澄江，看来是会汉话的人给起的名字，都很好。这是上林的县城。很多年前河里有很多水葫芦，现在很少见了。

在壮族地区，地名中带有"大"的基本可以作河流解，以河得名。"大红"是壮族母亲河红水河，"大江"是像咽喉一样弯曲的河，"大洞"是浑浊的河。

澄江不大，水却是不绝的，从大明山汩汩流来的水，那是哺育小城的乳汁，从古到今哺育小城，从无到有，从小到大，让小城的日子过得实在滋润，泰然平静，似乎什么事都不曾发生。

盘古开天地时就有大丰城了吗？谁知道呢。只知道唐武德年间始置上林县，这片地方正式纳入编制，之前是"秦始皇三十三年（前214年）置桂林郡，此属桂林郡地"，笼笼统统。比秦更早的，大概就是民间传说了。唐之后，上林县隶属关系和辖境虽屡有变动，但县名却一直未变，大丰都是其县城。只是中间来了个小插曲，那是清咸丰七年（1857年）李锦贵率领上林、武鸣等地的农民起义军攻占县城，改上林县为澄江县，七八年后清军攻下县城，复改回上林县至今。

与南宁其他乡镇相比，大丰的各种变更算是最少的。这得益于大丰乃至整个上林的地理位置和风俗世情。

在划归南宁市管辖后，上林县把自己定位为"南宁后花园"。窃以为，这是历来所有定位中最切中肯綮的。按照通俗的说法，上林是一块三角地。既不是军事要塞，也不是交通要道，公路开到大丰城也就开到大明山脚了。在这个多少有点偏安一隅的天然的后花园里，风平浪静，只管花开草长，倒也契合和谐发展的旨趣。

藏在深山的上林早些年像是被人遗忘的角落，只有少数画家和摄影者知道这里是"小桂林"。山里人也不善张扬，青山秀水和他们说的壮话一样，天生就是这样，自然而然。从县官到平头百姓，说的都是壮话，在菜市讲壮话，在主席台上也是讲壮话，全县皆是如此。认得汉字的人随手拿起一本书，就可以用上林壮话流利地念下去。这是其他壮族地方做不到的。上林话是壮话某种有趣的流变，受到了语言学家的青睐。曾经，这里是纯粹的壮族聚居区，现在壮族人口也占到80%，是南宁六县六区中壮族人口比例最高的县区。

历史留给大丰的包袱不多，澄江从来没有改道，大明山的枫树年年秋天都满山红遍，城前的那片田地还是那样的平整简静，瓜菜蓊郁。

但，这并不等于说大丰就是白纸一张一览无遗。在水葫芦下，历史的河流总会带来一些什么，积淀一些什么。须知，后花园花木葳蕤的下面肯定是深厚肥沃的历史土壤。有的地方，历史的机缘，往往使人不可想象。

比如，大丰及其周围乡镇每年都过的"万寿节"，就很值得深究。节日的起源：一个说法是有鼻子有眼。唐高祖时有一个叫韦厥的人，武德年间从唐朝繁华的京城长安不远万里来到澄州（今上林）开荒拓土，将中原先进的文化与本土的少数民族文化融合起来，用仁治人，以德治邦，做了大量造福于民的事，使上林由一个蛮荒乡野变成一个讲礼节、积德行善的礼仪之地。上林的后世百姓自发立庙，奉韦厥为万寿公王，年年举办"万寿节"，唱诵祭文。另一个说法则是云山雾罩。韦厥本是南海龙王的小儿子——单就这一句，即可看出这不是神话就是传说了，与唐朝的韦厥八杆子打不着，后面的演绎则是很地方主义。小龙王得到上林寡妇的收养，因寡妇不小心，切菜时把小龙王的尾巴切断了，所以小龙王的名字就叫"特掘"。"特"是壮话里男性称呼的前缀，"掘"是泛指断掉尾巴的动物。特掘教村民开田种稻、修渠引水、养蚕织布。寡妇死后龙王儿子腾云驾雾，把寡妇送到大明山顶安葬。现在在上林、马山、武鸣一带，清明那天下雨，老人们就说是特掘回来了。

看看，风马牛不相及的两码事搅在一起，人的神化和神的人化统一到一个节日里，其中蕴涵的多种文化意义虽不是本文的叙事范围，但有一点完全可以肯定，那就是，唐代初期，中央集权势力已经扩张到化外之地的上林，并且与地方文化发生过对峙和相互兼容。

提到韦厥，就不得不牵扯到了上林的"至尊宝"了，那是两块唐代的石碑，"六合坚固大宅颂碑"和"智城碑"，它们被称为岭南第一和第二唐碑，全国重点文物保护单位。这两块石碑，有人说是韦厥的长子韦敬辨所立。如果此说法成立，那韦厥就真有其人了，但韦厥是北方来的汉人呢？还是土生土长的壮族人？又值得考据一番。也有人说他是壮族的大首领。暂且不管。这两块唐碑是目前发现的壮族较古老的碑刻，它们在上林的存在，对当时上林一带乃至红水河下游的壮族历史、经济生活、人文意识、社会矛盾等方面的研究具有极高的学术价值，甚至对汉字的演化、唐朝的文风、汉字书法的嬗变、道教的传播都是非常珍贵的可资材料。专家打趣说，这两块碑可以养几个博士。2003年上林唐碑唐城学术研讨会吸引了中国各地和日本、越南、新西兰、澳大利亚等国的八十多名专家学者前来参加，盛况空前。

于大丰而言，自上林县建制以后是否都是县城的所在呢？离大丰不远的智城遗址的存在，与大丰有关联吗？所有的一切未知都有待揭晓。地处偏远的上林称得上是古代文化的富矿区，仅仅"上林"两字就有两个说法，一个说是借用"上林赋"，一个说是来自壮话，"上"是洞穴的意思，"林"是水的意思，连起来就是"洞里流出来的水"，这也符合上林的客观环境。

而由特掘（韦厥）的传说衍生开来的龙母文化，目前的提法俨然发源于上林了。有专家说，广西的传统性节日"三月三"源于上林的龙母文化，那个收养小龙王的寡妇就是龙母。是这样吗？不是这样吗？真相总是可以剥笋落箨的。龙母是珠江流域（包括上林、马山、武鸣、宾阳在内）和福建、台湾一带重要的人文始祖，据说龙母可以护佑众生，给人带来幸福、平安和财富，由此形成了影响到东南亚的龙母文化。大明山脚下有龙母村，上林县石门村有龙母庙，每年农历三月初三都要拜祭龙母，现在规格上升为官方主办的龙母文化节；上林传统壮剧《特掘》很受群众欢迎；壮族人每年农历三月初三做的五色糯米饭，专家说是专门上供给小龙王（特掘）的。

有报道说，大明山是由文化堆成的。

信哉。

二

文化如大明山般厚重凝集，穿透了千古岁月，在青山绿水间冉冉绽放。

乡间阡陌的云浪翻卷，小桥流水的别样风月，是否应验了生活在别处的格致理念。

在大丰这个全国重点建设镇里漫步，走过澄江两岸的老街古巷，触摸时空流逝留在古镇的斑斑履痕，历史的记忆刻度是如此清晰却又漫漶，新楼房如方阵列队而来，老街巷悄悄退隐漫漶化去，茵茵绿草掩盖一切过往，新的生命在没落的尘埃上书写未来。

榕树的下面，新楼的后头，还有人操持古老的营生，生意是越来越寡淡了，热闹是新街的事。剃头的店铺前是卖石臼的石匠，石匠头上戴着的是一起摆摊的篾匠的竹笠，水烟筒是不见了，两人抽着纸烟。对面的卦摊鲜有人来诹吉问卜，市廛清冷。倘若小城是一本书，老街则是那脆黄的一页，曾经的鲜活在不知不觉中秋草枯槁。

大丰的城建小有名气，正在形成布局合理、配套功能齐全的现代小城。生态旅游和民族文化旅游招徕了许多山外游客，茶场天然游泳池、东春水源避暑山庄、快流休闲度假区、塘栖峡谷生态旅游区等地游人如织，揭去神秘面纱的"南宁后花园"焕发出积蓄良久的神奇魅力，一种叫作"渡河公"的手工艺品也因旅游的兴起而风行一时，被列入自治区级非物质文化遗产保护名录，工艺制作的传承者庞龙英也被确认为广西工艺艺术师。明朝装束、怀抱金黄色南瓜的小布人"渡河公"大受欢迎，也可以归结到文化的魅力上来。

魅力源于民间传说。洪荒的远古洪水滔天，世界一片汪洋，一对金童玉女抱住一个大南瓜漂浮水面得以幸存，洪水退去，两个人结为夫妇繁衍人类。这两位就是人类的始祖。

这是流传世界各地的洪水神话的上林版，在欧美文化中，"南瓜"是诺亚方舟，在广西苗族、侗族神话中，"南瓜"是葫芦，在其他壮族聚居区神话中"南瓜"也是葫芦。壮话的"葫芦"原意是"会孵化子孙的瓜果"。现在学界统称为葫芦神话。南瓜和葫芦本是同类，大概是上林版神话把葫芦错谬为南瓜。也没关系。神话流传到明朝，上林三里镇一带衍生出了一个美丽的习俗：每年农历五月初一，姑娘们聚集在一起一边唱着山歌一边缝制"渡河公"，农历五月初五端午节傍晚，家家户户到河边，把"渡河公"放在小小的木船上，船上点着红蜡烛，让"渡河公"随水飘远，以此纪念先祖，祈祷来年风调雨顺。这也是中国南方及东南亚"水灯节"的上林版。但上林版糅合了壮族端午节的元素，把艾草、白术等驱邪祛病的药物缝进了"渡河公"的肚子里，"捏造"出一个憨态可掬的公仔形象"渡河公"，既有具象又很唯美。

这不，文化变成了生产力，2003年桂林市旅游局到上林订购了5000个"渡河公"，一个"渡河公"在旅游景点能卖到15美元。2004年，两个大型"渡河公"在中国—东盟博览会期间展出，并被广西民族博物馆永久收藏。

在大丰，旅游者还能看到原汁原味的壮剧，听到原汁原味的壮族三声部民歌。达努节时，去看看瑶族同胞跳猴鼓舞、舂米舞、雷公舞、藤拐舞，吃吃肉串，领略那山那水的粗犷与热情。木山庙会也值得一去，斗牛、斗马、斗鸡、山歌对唱、师公舞表演、打陀螺，都有着山外没有的别样神韵。

风景，在山这边。

（原载《旧梦新月》，广西科学技术出版社，2009年3月第一版）

六月绿色的不孤

高考结束第二天，6月9日，儿子撺掇我带他去了一趟不孤村。

对于参加高考的学生来说，不孤无疑是一块圣地。

可怜的儿子，在题海里潜水三年，高考终于结束，终于能冒出水面喘口气。第一口新鲜空气，再也没有比"不孤牌"更为合适的了。

田里的禾苗和田边的小草是绿的，水渠的流水是绿的，不孤村前的荷塘是绿的，村头的大榕树是绿的。6月的不孤空气，如果能看得见的话，一定是深深的绿，看绿眼睛，染绿肺腑。

在村里随意走走，最令儿子惊叹的东西，也是绿的——一块绿牌匾，上面写着"状元户"，绿底白字，醒目地张挂在大门门楣上。"状元户"是村委授予的，门旁对联则是自家贴的：一等人为家为国，两件事种田读书。或者：积财不如教子，建楼不如育人。

牌匾和对联都在提醒主人和游客,这是"岭南状元村"——不孤村。

不孤村在上林县白圩镇。

"不孤"二字文气盎然,意蕴深邃。

据说不孤村始祖周长树,明朝嘉靖年间至此落地生根,与两户蓝姓和一户潘姓人家为邻,共同建屋垦荒。起初无村名,外人问起,这几户人家笼统自称为"我们的村子",壮话的"我们"叫"孤",故被外人称为"孤村"。再且,方圆数里无一村与之毗邻,是一个孤独的村子,叫孤村也恰如其分,壮音汉意巧妙地契合。

经数百年繁衍生息,孤村发展成了几十户数百人的大村,前后左右也有村子相邻为伴,孤村不孤。晚清时,村中举人周昌歧引经据典,取孔子《论语》"德不孤,必有邻"之典,把村名改为"不孤"并沿用至今。

这一改,改得绝妙,改出了浓浓的道德文章,改宽了孤村的文脉。

德不孤,必有邻。有道德的人是不会孤单的,一定会有志同道合的人来做伴。"不孤"典故出自《论语》的《里仁篇》,孔子是在教授与邻里相处的道理:选一个住处要找一个仁里,如果没有仁里,就要体用兼备,以仁教人,把邻里改造成仁里,以致同声相应,同气相求。

周举人到底是知书达理,加一个"不"字,有化腐朽为神奇的点石之功。

这也符合不孤村的实际。

仅清代,100多人口的不孤村就出庠生、廪生、贡生、武举10多人,延至民国末年,共出大中专生100多人。新中国成立后,又有200多人考上各级高校,其中不乏清华、北大等名校。

如此看来,不孤村民参透了"里仁"的精髓。

有书为证。村口大门的楹联就强调"里仁":汝水流清士读农耕绳祖武；南山挺秀德门仁里萃人文。

尊师重教的脉络可以追溯到明朝，而清雍正年间在后山建立的鼓岩书院，则标志着不孤的教与学达到巅峰。雍正年间周运昌考取贡生后，凿去鼓岩洞口的石笋，在洞内设立书院，取名鼓岩书院。周运昌为第一任教师，日种稻粱，夜读诗书，代代相传，蔚然成风。光绪年间，不孤村又出了进士周泰公。周进士考中却不去做官，回村广招学子，一心育才。

周进士崇尚凿壁偷光、悬梁刺股的苦读精神，治学严谨，对弟子管教严厉：对才学兼优者，张榜公布表彰；对迟到早退或旷课者，令其跪地背书。由此，一批批学子走出鼓岩，天下桃李。

周泰公的严谨文风影响至今。

现在的《不孤村民公约》（简称《公约》）共有15条，其中8条与教育有关。比如，《公约》规定：村民若发现有逃学者，都有责任去劝阻、教育，否则该村民和学生都会受到处罚；每年春节都要组织村干、家长、学生代表慰问教师；群众都有责任关心学校，如有意破坏学校或侵占学校场地、打骂师生者，轻则每人每次罚款10元，重则交有关部门处理。

由村里4名德高望重的老人组成督学小组，每天巡查，若发现逃学者，就对其家长进行处罚。

村里沿袭着一个习惯。每年大年初一，孩子们清早烧香，放炮拜完祖宗后，第一件事就是读书，然后才去给长辈拜年。长辈问孩子的第一句话也是"你读书了没有"，听到回答说"是"才给压岁钱。这个习惯，从明清时代一直流传到今天。每当大年初一，一村书声。

此外，村里每年年终还要进行先进个人、双文明户、状元户的评比，评比的条件：如评得双文明户，当年又有子女考上大中专院校，加封状元户称号，除通报表扬、发给奖品外，还授予光荣匾。凡考上大学本科的每人发给奖金150元，考上专科的每人发给奖金100元，考上中专的每人发给奖金50元，并为每一位中榜者放一场电影祝贺。每逢考试丰收年，有十几人考上，村里就连续十几晚放电影，热热闹闹，羡煞旁人。

春节期间，由回乡过节的"状元"们出题组织"村试"，对初高中学生进行语文、数学、英语等科目的有奖竞赛，赛后召开村民大会，给成绩优异者颁奖。

游走不孤村，处处可见"敬惜字纸"。在村人简朴的家中，有两件东西绝对不可少，那就是书房和书柜。即使生活困难，住房紧张，也要保证子女百分之百的上学率，也要让孩子有一张完整的书桌。据说，每户年均投入到教育上的费用，要占去家庭经济总收入的一半以上。

学有所成的学子对家乡的回馈是现代化的管理方式。在学子的建议下，村里实行"十个统一"，如统一放牧、统一农田灌溉等，以最科学的管理方式管理全村事务，为孤寡老人、缺少劳动力家庭解决后顾之忧。高考落榜的子弟，也能在村里的科技夜校得到培训，成为掌握农业科技的骨干。

社鼓催人天作灵，青霄铺就锦云图。由文风而带动的村风、家风成就了不孤的美名。不孤村1988年以来连续被评为自治区级双文明村，1997年被中宣部列为创建小康文明村示范点。这个偏僻的山村以其独特的人文景胜吸引了无数游人，以及日本、泰国等十多个国家的专家、学者前来考察取经。每年高考前后，大批外乡学子怀着"朝圣"之虔诚前来拜谒，三三两两在村中好奇地摸摸看看，是为感人的一幕。

一村独处嶂山隔，以德为邻自不孤。

回来的车上，儿子睡得很香，笑靥莺莺。

是在做着一个绿色的梦吧。

（原载《旧梦新月》，广西科学技术出版社，2009年3月第一版）

府城的意外与惊喜

秘不外宣的府城老话

府城于我,"恰如灯下,故人万里,归来对影。口不能言,心下快活自省"。

引号内是引用宋代词人黄庭坚的词,他指的是品茶。黄老先生把饮茶品茗的感觉比作旧友相逢,温馨舒坦。品茶之境如此奇崛想象,出人意料却巧妙贴切,耐人细嚼。

论起府城,于我而言,恰如品茶,品的是一壶陈年老茶,粗粗的茎老老的叶,待意兴阑珊才慢慢透出味道,酽酽的,藏得深深的醇。这样的老茶,独品得神,对品得趣,众品得慧。

和朋友对品府城几次,在我的蛊惑之下,朋友专程驱车去了府城,看了我曾经看过的景,去了我曾经去过的小吃店,吃了我曾经吃过的生榨米粉。朋友说,不虚此行。

几年前，我曾经小住府城几日，在圩亭下吃米粉，听府城人说府城话，走知府兼文人李彦章曾经走过的林荫小路，看阳明书院下恣意疯长的水葫芦，似乎要把绕城而过的沱江覆盖掉。

府城是老了，老得府城老话只能在府城流通了。可要知道，几百年前，当府城还是大明国思恩府府城的时候，外地人学讲府城老话却是一种时尚。现在，府城老话是府城人的专有符号，是不是土生土长的府城人，对上几句老话就立马见分晓。这个情形与宾阳人很相似，宾阳人初次见面也很喜欢对几句宾阳话，验证一下，是否正宗。

府城老话因何而起已无从考究，史书也无记载，对此感兴趣者也寻找不到老话的造词规律。试举一例：孔头子价钱涨得快，比太子登和扁嘴都贵。若不解释，你能知道是说什么吗？原来，孔头子指代猪，太子登指代鸡，扁嘴指代鸭。又如：今晚夜踩我窑口摇粮，意思是请去他家吃晚饭。家叫窑口，吃饭叫摇粮。此外，车叫方块推，狗叫川六，牛叫四踩耕，鱼叫富贵有，诸如此类不一而足。府城人说你树尾，你千万别得意，那是在贬你像树尾那般小。

老话至今还是一个谜。府城老话不是方言，也许类似于暗语吧。过去，府城燹火不断纷争难绝，府城人也许是出于保密需要而创制老话吧。而令人费解的是，现在老话还在府城某些人家里代代相传。外人都知道府城自己人之间讲"老话"，但秘不外宣，对外人保持足够的戒备。

对于历经坎坷的府城来说，老话仅是往昔废墟上幽幽生长的一棵小树，在不经意的墙角，倔强，孤傲。而废墟下面是喧闹与荣华，是沉甸甸的历史过往。

府城的幸运

府城在成为府署之前是一个驿站，叫荒田驿，属思恩军民府武缘县

（今武鸣）止戈里管辖。明嘉靖年间，王守仁命将思恩府署从乔利（今马山县乔利乡）迁到荒田驿。此次搬迁之前，思恩府署已经搬迁了一次，土司岑瑛将府署从寨城山（今平果旧城）迁到乔利。府署为什么要再一次搬迁呢？原来，乔利南为石山作隔，北为土坡环抱，中有小河自西向东细流，四周闭塞，陆上交通不便，水路不通。

思恩府早在唐代就已建立。唐代在边疆地区设羁縻州（俗称"土州"），知州由当地部族首领充任。思恩府曾经权倾一方，直到清末，思恩府仍管辖了今天武鸣、宾阳、上林、马山、平果、隆安、都安、田东等县（自治县），比现在的南宁市管辖的范围还要大。

荒田驿为何被选作思恩府府城呢？原来，荒田驿一带"四野宽衍，皆膏腴之田，而后山起伏蜿蜒，敷为平原，环抱涵蓄，两水夹绕后山而出""四面山势重叠盘回，皆轩豁秀丽"。在确立为府城之后，府城辉煌的建城历程也就开始了。这是府城的天时地利，是府城的幸运。

府城城区的中心在现在的府城粮所。明清两朝府城周围多战事，曾经有几支军事力量数度在府城一带游弋盘踞，拉锯撕扯。抗日战争时期城墙开始被大面积拆除。府城这个规模不大的仅有几十名守兵的小城渐渐走向衰败。随后，武鸣县成立，县治搬到今武鸣县城城厢镇，府城变为一个镇。现在，已经找不到当年城郭的痕迹了，只有一些条石散落在某个院落里，依稀可见当年的斧凿刀痕。

四百多年的玲珑古城，就这样消散在岁月的烟尘里，仿佛不曾存在过。

只是，当年的王巡抚下令建城的时候，会想到有这样的结局吗？

潜心悟学，创立阳明学派，自称研究心术的"阳明子"王守仁，心术再如何了得，估计也是算不出府城的前世今生。

府城因王阳明的一句话得以诞生，但人算不如天算，两者终是缘悭一面，阳明先生没有到过府城，在广西匆匆十月，悾惚而去，客死归途。

在晚些时候，府城人建起了阳明书院，当是对阳明先生的最好纪念。

不妨多说两句：王守仁是个大人物，曾被贬谪到贵州龙场驿任一个小小的驿丞，居住于阳明洞，故自称阳明子。他首创的阳明学派影响了明中后期、清代、民国乃至现代。明史曾说：终明之世，文臣用兵制胜，未有如守仁者也。至于王阳明用兵发力于国内平叛，镇压各地反政府武装，内战内行，历史定论褒贬不一，则是另当别论。但他的思想学说，从曾国藩到梁启超，从胡适到陈独秀等，均是十分敬佩，推崇至伟。梁启超先生有文《王阳明知行合一之教》，陈独秀大札《王阳明先生训蒙大意的解释》，郭沫若著有《王阳明礼赞》等文。教育学家陶行知因受阳明学派"知行合一"学说影响，改名陶行知。当代人常说的"求是"思想，典故就出自阳明学说。

因王阳明的影响，阳明学说在府城得以教化和传播，于府城而言，这是比定府于府城更为幸运的好事。由此发端，化外瘴疠之地府城乃至邕江流域，因王阳明而开启民智，全面接受中原文化和孔孟之道，尊师重教，踏入了中华文明的主流节拍。这是在定府府城之后王阳明对府城的另一大贡献。阳明学说至今在府城还有着相当深厚的群众基础。

府城现存的"至圣先师孔子赞屏序"石碑，是当年香火旺盛的孔庙众多碑刻的一块幸存。尊孔习文的履痕仍然可以找到清晰的覆辙。

今天的府城高中，最早的前身就是阳明书院，办学至今，琅琅的读书声绵绵赓续，传世永继。秀出班行的府城高中已然成为区域中心学校，像一块硕大的磁铁，吸引了马山、都安、上林、隆安等武鸣周边县（自治县）的莘莘学子前来求学。

春秋代序，时移俗易，唯有不变的忠孝传家久，诗书继世长。

府城文明的开启，尊孔倡文的滥觞，首功当推阳明先生，而发扬光大者则是李彦章。

榕园的耕读华章

现在,若到府城访古探幽,府城人很乐意把客人带到府城高中,看看道光年代的石刻,坐在几百年前知府李彦章和秀才们坐过的石凳上,沾沾书卷灵气,于客于主,都是一件惬意朗气的雅事。

李彦章是历任思恩府知府中任期较长的一位。在李之前,历任知府都害怕沾染府城的瘴气,不肯在府城过夜,多选择在宾阳宾州镇居住,早出晚归。李彦章上任后,一改故辙,在府城常住,与民同甘苦。

天子重英豪,文章教尔曹。李彦章称得上是王阳明的贤徒了,在任上秉承兴学育人之行知思想,倡办义学,带头捐银1500两,在现在的府城高中兴建了阳明书院,别号榕园,生徒达数百人,开风气之先,一时传为佳话。李彦章在书院大门题有楹联一副:

服其教、畏其神,故非常之功,必待非常之人,遍为尔德;
官先事、士先志,有君子之词,而无君子之行,莫入吾门。

书院内筑天一阁藏书,李又题联:

合千里外东至屯所,西至田阳,俗喜儒风,今已见从游多士;
愿十年后家有洙泗,户有邹鲁,化行荒服,我又宗先世成公。

他制定《榕园学矩》,自编教材《榕园识字编》《榕园辨韵编》,且亲自登台授课。讲台后方是他题写的劝学联:

智欲圆而行欲方,心欲小而志欲大;
正其谊不谋其利,明其道不计其功。

有一年值逢王守仁生日，李彦章率诸生为阳明先生过冥寿，酒酣耳热之际欣然作对：

群贤毕至，少长咸集，地有崇山峻岭、茂林修竹，以极视听之娱；
炉烟微袅，草木自馨，人皆英词妙墨、好古多闻，共此清适之乐。

知府礼贤下士，身体力行，师生焚膏继晷，榕园处处书声。

当年的读书亭、听雨厅、钟鼓楼痕迹还在，沱江两岸的励志石刻还清晰可辨。当年的情景，应该是"琴棋书画诗酒花，槛外心情槛内家"吧，要多诗意有多诗意。到如今，尽管前情俱与历史逝去，但"教化于民"的阳明遗训似乎从未丢失。或许，这是府城尊师重教的乡俗总比别个地方来得浓郁的缘故吧。

知府爱书，建个把书院教教书本是常理，而在书院内开荒造田，不是独创也属罕见了，李彦章就是那个在书院造田的倡导者和力行者。相传他在榕园中开辟试验田，研究种植技术，大力推广种植双季稻。此外，他还在武缘、宾州、上林、迁江等地修筑水库、水坝等等，扶助农桑，造福乡梓，可谓：和马牛羊鸡犬豕做朋友，对稻粱菽麦黍稷下功夫，践行行知合一的求是思想。

据说清道光年间，李彦章率领治下官僚三百余人在府城郊外召开农业生产现场会。当他走到一块像卧牛的石头边时放眼四望，稻菽如浪起伏，翠竹环绕人家。于是诗兴勃发，挥毫在卧牛石上写下"郡守李彦章劝农至此"几字，后命工匠勒刻以记。今此石此字还在府城，常招人来看。

沱江的水葫芦随洪水而来，随洪水而去，生生灭灭。

府城上演的一幕，曾经那样虚幻，却是那样真实。

在被确定为府城而开始有了城墙，在被废止之后城墙迅速坍塌而消弭于无形。曾经的城墙，曾经给府城无限的荣耀，而城墙的消逝，也给府城带来新的想象空间。古老的城墙，是中国数千年历史的象征，是政权的象征，这种象征，在让历代的吟咏者骄傲的同时，也让他们觉得是一种沉重的包袱。

好在府城是幸运的。

随着途经府城的河池（水任）—南宁高速公路和南宁—武鸣二级公路的建成通车，昔日宽衍膏腴的荒田驿在沉寂多年之后，重新被纳入世人的视野，踏上了时代的节拍。

（原载《旧梦新月》，广西科学技术出版社，2009年3月第一版）

明秀闻犹在，武鸣事远游

假如，历史允许假如的话，两广总督陆荣廷估计是会把广西省会迁到武鸣去了。

武鸣是陆荣廷的老家。在陆荣廷当上两广总督之后，武鸣人就自豪地尊称他为陆老帅。尽管陆老帅凿通了南宁到武鸣的邕武公路，尽管固定了南宁镇宁炮台的炮口永不对准武鸣方向，尽管在武鸣境内修筑了铁路，尽管在武鸣明秀园召开了两广最高级别的军事会议，但是，武鸣最终还是武鸣，县城所在地还是叫城厢镇。一个人很难改变历史，也很难决定自己的命运。最终，陆老帅远走他乡，失意落魄，最终在上海苏州河畔的茫茫暮霭中悒悒而终。

改变历史很难，改变一个县名总不会太难吧？在当上两广总督权倾南疆之后，陆老帅自得于以武立身，以武闻名，高兴之下就把原先的"武缘"县名改为"武鸣"，告示家乡人要"以武功鸣于天下"。据说当年县名新改，因创意不凡，一"鸣"惊人，博得邑人额手称善,阖县欢庆。陆荣廷盖棺却未有定论,是非功过至今仍争论不休。

如果说,更改县名是陆老帅对家乡形而上的精神寄寓的话,那么,改造明秀园就是陆老帅形而下的实实在在的造福故里了。而明秀园给武鸣县城所带来的不仅仅是一处风光而已,它在某种程度上影响了武鸣人脉与文脉的走向。

洞悉明秀园重重玄机的第一人,当推文化巨匠郭沫若。

1963年,郭沫若游览明秀园,在听完介绍之后生发感慨,赋诗《武鸣纪游二首》:人间天地改,军阀付东流。明秀闻仍在,武鸣事远游。园荒林转茂,溪曲境逾幽。公社双桥好,灵源近可求。

想必,身兼史学家的郭老是知道陆荣廷的,对明秀园也应是有所耳闻的。

当地人说,民国初期,胡汉民、章太炎、梁启超等人曾到明秀园拜访陆荣廷,与陆商议讨伐袁世凯诸项大事。抗战时期,明秀园曾作为指挥部。硝烟散去文化勃兴,新中国成立初期,明秀园成为壮文创制办公室驻地,专家组在园中研究并创制壮文。明秀园与国家、民族大事的关系如此密切,难怪郭老咏叹"明秀闻仍在,武鸣事远游"了。而"明秀"在前"武鸣"在后,若是郭老有心为之,则足见明秀园在诗人心目中的地位。

在更改县名、把县治从府城搬来后,武鸣县城城厢镇才开始它的县城史。当然,在此之前,城厢已是小有规模的圩场。

这个小圩场当年也不简单,尽管不是县治,但却能促使县官在圩场东边建了个文江塔,以振文风。那个年代的人讲究风水堪舆,认定大明山下的武鸣县属龙虎之地,只出武夫,文人少有,便有心在香山河与西江交汇处的渡头桥畔建造文江塔,意在阻滞大明山的龙虎之势,振兴武邑文风。这多少有点儿无稽。其实，武缘前人早已金榜题名，"文"名遐迩，前有李璧，明代举人，曾任浙江兰溪、仁和教谕，以及四川剑州知州等，著有《剑门新志》《名儒录》《剑阁集》等书传世。后有刘定逌，清乾隆九年（1744年）广西乡试中解元，四年后中进士，任翰林院编修，后弃官治学授徒，任浔阳书院、桂林秀峰书院等主讲，著述颇丰，有《四书讲义》和《灵溪文集》等数卷行世，轰动一时。至今在武鸣、马山、上林一带仍在流传着刘定逌的智慧故事。

不过，文风再怎么倡导都不过分。于是，文江塔便矗立于渡头桥畔。从倡议到落成仅用两年时间，足见武鸣人文心之迫切。落成至今，文江塔一直得到很好的保护。禾苗返青时节，武鸣平原绿波轻漾无边无际，白色的文江塔犹如茫茫大海中的灯塔，给人方向，给人信心。

文江塔顺遂民意款款落成之后，是否如愿增添了武鸣的文气，不得而知，有待考查。但有一事倒值得提及，新中国成立初期，广西省政府在文江塔下灵水泉边先后成立了广西民族干部学校、广西壮文学校，原南宁地区也把地区重点高中建在这里。进入二十一世纪，广西民族高中又在这里落户。一个县城拥有省级中专学校和高中，在广西唯武鸣独有，当属不易且不凡。

学校是群贤毕至之所，当然会给当地带来文脉，熏陶文气。而当以探寻的目光追本溯源时，明秀园再一次凸显在视线里，左右着城厢镇的走向。

对于给县域带来重要影响的人来说，陆荣廷就是县城的风向标。想当年，武鸣的公卿白丁，都以能进明秀园开眼一下而顾盼自雄。明秀园的举手投足是否还会在今天的武鸣留下投影呢？

陆老帅是恋土的。炙手可热之时却安居乡下，在明秀园的龙眼树下蚊蝇嗡嗡中召开军事会议。晚年客死他乡，哪怕千山万水也要叶落归根，辗转返乡，长眠于武鸣县城西郊的狮子山。武鸣人也是恋土的。外人很难想象，距离南宁只有三十多公里的武鸣，至今仍然顽强地坚守着乡土情怀，多年来一直以农业大县自居，自得其乐。在其他县市致力于劳务输出时，武鸣似乎无动于衷。也难怪，在武鸣这片富足膏腴之地，勤劳就能致富，更何况，农业大县现在也开始向工业大县、旅游大县转变，昔日略为土气的县城现在已颇具现代气息。当年没有多少文化却写得一手好字的陆荣廷在明秀园内营造出一隅"别有洞天"，今天的武鸣也正是别有洞天，风景这边独好。

武鸣人的饮食渊源好像也可以从明秀园找到出处。

园主当年在"别有洞天"与梁启超诸公斟酌讨袁檄文，索性赤膊下河畅游一番。敢于"公车上书"的饮冰室主人梁任公也只有摇头的份，他的传统使他不能像"陆绿林"般撒野。早年的陆荣廷更有性格，敢于在紫禁城里骑马，四处晃悠毫无顾忌；也敢于屈元帅之尊，越俎代庖，为手下将士炒牛下水。当然，陆氏炒牛杂堪称一绝。可平时，陆氏却是"生活苛简""抟饭掬水以食"，即使官至都督依然"不择精美，能甘粗粝"，童年时聊以充饥的野菜茼蒿，到了晚年仍以佐餐，宴客以外概不饮酒。有人建议注意饮食，陆以"白鹤飞天周身瘦，蚂拐坐地满肚油，各人有各人的活法，活得舒服就好"作答，坦然直率。如今的武鸣人饮食也不甚讲究，不知是陆老帅遗风影响还是地方传统本来如此。

人间天地改，军阀付东流。武鸣县是壮族文化的重要发源地之一，武鸣县城的故事岂是一座花园、一个人物所能涵盖？散落在县城周围的灵水、武鸣河、起凤山、黄道山以及县城的每一个人，都在创造和影响着县城新的文化走向。

(原载《旧梦新月》，广西科学技术出版社，2009年3月第一版)

温厚鲜活的周鹿时光

一

周鹿三天一圩的历史已经没有人知道何时开始，那是很久以前的事情了。

这是古镇周鹿周而复始的快乐和热闹，简单却不单调，保存着农村的天然质朴。镇上人至今还有着以圩计时的习惯，通常会说"年前最后一圩""后圩的中午"，类似于上公家班的人说的"周一开会""月底发工资"。

这样的习惯估摸源自长久的成圩历史。

明正统年间，周鹿肇始有人聚集而居，建屋凿井。老人说，原先这个地方有山有水，水草丰美，是州官、土司的鹿场，是守鹿的地方，因而得名"守鹿"。后来，"守鹿"发展成为圩镇，多姓混居，有识文断字者觉得"守鹿"二字不雅，于是引经据典，借用和附庸了李百药的《郧城怀古》里的"周鹿"二字，沿用至今。

《郢城怀古》有"周鹿"二字：客心悲暮序，登墉瞰平陆。林泽窅芊绵，山川郁重复。王公资设险，名都拒江隩。方城次北门，滇海穷南服。长策挫吴豕，雄图竞周鹿。这里的"周鹿"也是一个地名。"周鹿"就见得比"守鹿"好吗？古人大概有以书为证和附庸风雅的爱好吧，起人名地名都喜欢到古书里翻翻找找。现在，南宁安吉车站班车上写有"周六""周绿"的，都是指周鹿镇，在马山县西部。

能够养鹿的地方自然条件肯定不差，周鹿山好水好田地好。明嘉靖年间，周鹿为那马土司司府；民国时期为那马县政府所在地，解放后被划为革命老区，有几处红色教育遗址，现在是马山县西部重镇和交通枢纽，是马山倚重的鱼米之乡，可以套用"吴中盛文史，群彦今汪洋；方知大藩地，岂曰财赋疆"来比拟周鹿在马山县的地位。

过去的时光把过去带走了，也把鹿带走了，周鹿不再有鹿，现在有牛——水牛和黄牛。山脚下溪流边，成群的水牛和黄牛悠闲地吃着青青的草，远处是青青的山。在这片富饶的小天地里，冒着黑烟的工厂还没有出现，河水还是像从前一样清澈地流淌，天还是那么蓝。

但是，在蓝蓝的天下面，周鹿的变化似乎从来没有停止过。除了不再养鹿，原先的骑楼式门面现在也全都被推倒了。街道两旁清一色的水泥楼房，一楼照旧是门面，迎接来自周边的赶圩人，包括武鸣的、大化的、平果的。周鹿照旧是中心圩镇，医院叫中心医院，中学叫中心中学。中心中学是周鹿最有文化的地方了。这所百年老校宽大优美，一代代周鹿学子从这里走上社会走到全国各地，天下桃李。每天傍晚，三五成群的周中学子提着锑桶，走出校门，穿过镇中心，到周鹿八仙桥下的老井洗洗涮涮，这是镇上最为温馨感人的一景。尽管自来水网早已遍布校内，但学生们到河边洗漱的朴素本色代代相传，令人寄慨遥深。

与周鹿中心镇地位相匹配的是周鹿的包容情怀。壮族、汉族和瑶族在这里和睦相处，本地人和外来者相互包容，跨族通婚屡见不鲜。镇上居民都会三四种语言，壮话、桂柳话、宾阳话、普通话、客家话、白话均可使用，有些场合你说你的我说我的，意思大家都明白，有人戏称这里是"小联合国"。这个老县城从来没有垒砌过城墙，也就没有"门户之见"，敞开胸怀接纳四方。战争从未光顾这里，人民安居乐业，心态祥和。民族宗教和民族节日各行其是，相安并行。恬淡是镇上居民的惯常性情，凡事看得开想得宽，持入世之节，怀出世之想，面对一时的不幸和困苦，都能恬淡处之，浸透着道家文化的自由与圆融。

二

富足安逸的生活很自然地孕育了颇具周鹿特色的山歌文化。

都说广西是歌海，丰富的歌圩文化是壮族最有代表性的文化特征，其实，汉族的山歌也很丰富多彩。在周鹿，壮汉山歌是齐肩比翼，只是壮族山歌更为本真率性。

周鹿汉族是不在家里和正规场合唱山歌的，能够听到他们低声吟唱小调般的山歌，多是在赶圩的路上和清明时节插秧的日子里，唱歌的都是年轻人。赶圩的路上，男女青年各走一边，隔着马路酬唱应和，互相试探，赞美对方，套出对方的家庭和个人情况。曲调柔婉低回，表现出男女青年有些怕羞的样子。山歌内容较为简单直白，如：阿妹生得白细细，好比芋头剥了皮；哥想上前咬一口，又怕咬伤无药医。又如：一条大路在中间，你走一边我一边；有心就把歌来对，无心莫把情来牵。大多七言四句，也有五言四句的，押尾韵，尾音霏霏袅袅。而插秧时节唱山歌也是在没有老人在场的时候才唱。互相帮工的男女青年隔着几块田畦，歌唱对方的勤劳，恭维对方的手艺。情投意合者便约定某个圩日一起赶圩，路上再唱。

　　周鹿壮族山歌与其他地方的壮族山歌一样很是丰茂兴盛了。周鹿本来就是一个歌圩，逢年过节，壮族男女青年三三两两，在古镇四周公路边树林里，有些肆无忌惮地唱歌作乐，老人小孩路过也不避讳，生人来了也照唱不误。歌的内容包罗万象，当然最精华的是情歌，询问对方的方式也是胆大心细，野气氤氲，在外人听来有些脸红害臊。

　　山歌押的是腰脚韵，第二句的腰（中间一个字）要押上一句的尾韵。这是壮族所特有的，是壮族山歌的精髓，很难翻译为对应的汉字和其他文字。

　　在山歌文化发达的背景下，周鹿壮族山歌又有了新的形式，这就是洞房山歌。新婚之夜，新娘和送嫁的伴娘们在洞房内，与围坐在大厅里的后生哥们对唱山歌。当着众多来宾和村人的面，歌就唱得古板正经，盘问对方的史地常识，上至盘古开天地布洛陀造人，下至二十四节气名称。唱到半夜，观众散去，对歌转入了情歌对唱环节，双方的嗓门低了下来，开始缠绵悱恻情深意长。舒缓悠长的歌声在古镇的夜空缥缈散逸，温暖着步履匆匆的夜行人和天边清冷的月亮。

三

　　有闲情逸致唱唱山歌的周鹿人弄弄美食也在情理之中了。

　　现在，昔日官老爷的水草丰美的鹿场变成了养牛场，周鹿香牛被当作商业品牌受世人推崇，很多外地人专程到周鹿品尝香爆牛杂，走时还带上几斤牛肉。明朝时周鹿的牛市就很出名，吸引周边县镇甚至远到田东、平马的牛贩前来买卖。

　　周鹿出产的牛分为两种：一种是耕牛，养来耕田犁地的；另一种是菜牛，养来吃的。周鹿菜牛多是黄牛，个头不大，品种纯正，一年四季散养在山间水边，养到15个月就可以宰杀上市了。这个时段的牛肉鲜嫩，又带一点儿筋道，嫩滑爽脆。超过两周岁的菜牛虽然出肉率高，但肉质稍老，都被卖到外地去了。本地人嘴刁，吃得出老嫩，屠贩如果以老充嫩，他的生意就再也做不成了。从某种意义上来说，也正是嘴刁的周鹿人促进了周鹿牛市的健康发展。

出产好牛自然会做好菜，香爆牛杂是周鹿第一好菜。做法倒也简单，佐料也是平常的姜葱蒜，只是，油要用周鹿土榨的花生油，水也要用周鹿的泉水。这就为难了外地人，吃周鹿牛杂只能到周鹿去了，同样的牛杂带到外地弄，就没有在周鹿弄的好吃。爆炒是一种做法，白灼也是一绝。选上好的牛下水，洗净切好，放到有盐和生姜的开水里白灼。灼得好坏在于时间的掌握，非行家不足以掌勺。过火则硬，如啃胶皮，火候不到则腥气残存，回锅再灼，那是另外一道菜了。灼好的牛杂入口前还要蘸一下蘸料，这个蘸料也有讲究，须用新鲜的嫩春芽叶、嫩姜丝和精盐拌成，入口后以无腥、不扎口、脆、嫩为上佳。

周鹿的美食还有米粉，这也是为外人所称道的，本地人也有大年初一还要上街吃米粉的，甭管家中的鸡鸭鱼肉，就好这一口。其他的还有河鱼、野味和藕粉，说来也是令人垂涎。

如果，吃也算文化的话，那么这种文化一定需要丰厚且独特的物质作底蕴，加以时间的累积，方可结出文化之果。

美食之旅，周鹿是一个好站。

（原载《旧梦新月》，广西科学技术出版社，2009年3月第一版）

花山蝴蝶飞

花山之所以称为花山，并非缘自山上有花，而是因为山上有画。

在壮语中，花山叫"巴来"，"巴"是山，"来"是图画、花纹、图纹、斑驳之意，译为汉语的"花山"，贴切且传神，比简单直译的"画山"多了几分想象的空间。

花山岩画距宁明县城约25公里，有水路和陆路可以通达，以乘舟顺江而下拜谒最佳。据专家考证，岩画始作于战国时期，延续至东汉，是当时聚居于此的骆越民族的艺术作品。现遗存各种图形，包括人、马、兽、铜鼓、刀、剑、羊角、钮钟、道路等，整个画面由各种图形组成100多组图案单元。岩画的主体为人像，皆作屈肘、蹲腿的半蹲状。人像最高的有约3米高，最矮的也有约30厘米高。画面主色调为赭红色，线条粗犷，神态各异，形象逼真，场面热烈而富有诡秘色彩，气势恢宏。至于岩画的作者、内容、颜料，以及绘制工艺流程等一系列问题，至今仍然没有公认的统一的说法，千古之谜尚未解开。在已经发现的世界同类岩画中，花山岩画是单位面积最大、画面最集中、内容最丰富、保存最为完好的一处岩画，是世界岩画的极品。每年都有上万人次慕名前来考察和拜谒，美、日、英、德、法等许多国家和我国港澳地区的专家多次来访，试图考证出某个方面的有说服力的论据。

花山的脚下是明江。船在江上走，人在画中游。这句诗用在别处可能是形容和比拟，用在这里却是真切的情景。明江和丽江两岸岩画分布之广，作画地点之陡峭，画面之雄伟壮观，作画条件之艰险，画面颜色之鲜艳，都是国内外所罕见的。有诗赞曰：鬼斧神工输技巧，风吹雨打犹鲜妍。1988年，两江两岸岩画之集大成者——花山岩画被国务院定为全国重点文物保护单位。2004年，花山岩画被国家列入申报世界文化遗产备选清单。

花山岩画的大名气是毋须赘言了。两千多年的历史风尘，依然掩盖不住它的绝代风华。在绝美身姿的飘飘裙裾之下，花山的神奇和传说，依然在年年更新和充实，被附会了时代的神奇，也被附丽了民族的愿景。

我已是多次前来拜谒花山了，带着一个壮族赤子的虔诚之心。这是壮族的图腾，是壮族的精神家园，是壮族的灵魂栖居地。每次前来，我的心灵都获得一次洗礼和升华。在民族的坦荡赤裸的图腾面前，我感到来自心底的震撼，感到自己的灵魂在颤抖、在燃烧。随着拜谒次数的增多，我一次比一次坚信，呈现在我们面前的赭红色的花山岩画，就是壮族先人的热血澎湃的心脏，就是壮族先人的心血之作。

一个民族，在"蛮荒之地""瘴疠之乡"筚路蓝缕创建家园，历经风霜雨雪而卓然傲立，顽强屹立于世界民族之林，自然令人敬仰钦佩。而在披荆斩棘栉风沐雨的间隙，竟然还能在险峻的悬崖峭壁之上绘制如此恢宏磅礴的艺术篇章，我想，只有从精神境界的追求来解释，才可触摸到艺术创造者的几丝气息，才可些许感受到一个民族的强烈跳动的脉搏。

有些东西，是我们永远无法阐释的；有些地方，是我们永远无法企及的。

只有仰望，只有崇拜。

也许，只有花山上空的蝴蝶才能洞悉岩画的真谛，才能知晓岩画的博大精深。

花山蝴蝶与花山岩画一样，神秘而美丽，令人啧啧称奇。

当拜谒者进入花山景区，最先的迎接者，是那花花绿绿成千上万的蝴蝶。景区因此又被称为蝴蝶谷。蝴蝶原本安静地停留在竹枝上花丛中，怡然自得，一见人来，便翩翩起舞，有的飞到了人的肩膀上，打量着不速之客。在这蝴蝶飞舞的世界，所有的美丽破茧而出。如同仰望着的岩画，美丽的震撼压顶而来。在这灵动与沉静、雄浑厚重与轻舞飞扬的绝美世界中，蝴蝶就是精灵的化身，守护花山，守护岩画。

不知蝴蝶何处而来何时而来，也许是与花山同生与岩画同在，我不知道。我只知道，每一只蝴蝶的诞生，每一种美丽的诞生，都要历经痛苦的磨砺，最终都要破茧而出。如同蝴蝶，如同岩画。蝴蝶的美丽是来自生命本身的美丽，岩画的美丽又何尝不是如此？壮族先人肯定把岩画当作生命里的不可或缺的一部分，才如此义无反顾赴汤蹈火地在陡峭的绝壁上，前仆后继地完成某种与生俱来的神圣使命，宣扬某种沁入骨血的宿命追求。

后来者以种种猜测企图破译岩画密码，有战争庆功图说，有祭祀水神图说，有猎狩场景图说，有祖先崇拜图说，有出征誓师图说，不一而足。作画的技法也有多种臆测：自上而下悬吊法、自下而上攀援法、竹木构架法、高水位浮船法等等。颜料的来源经过元素定性分析，说法较为科学和统一,是铁矿物质加动物脂肪和血。

历史上许多神秘的事情,往往不是由历史学家而是由文化人揭开的。这是风靡世界的《达·芬奇密码》一书的作者丹·布朗说的。于我而言,破译花山岩画的密码,是一种学术上的期待,而谜底永远不揭开的花山岩画更是一种愿望,一种召唤。一个民族的灵魂,一个民族的神祇,某个人,某个时代,是不能尽所解读的。

花山蝴蝶翩翩飞,翩翩蝴蝶满花山。世界之妙存乎一心,每一个拜谒者对花山对岩画都有着与众不同的认知和感受。或许,同一个人,每一次拜谒的心得也会不一样。情随景生,境由心造。

如果作为一个历史学者,我很愿意考究花山的具体细节,诠释古老传说的微言大义,但作为一个活在当下的时代中人,我更关心花山岩画每年都在更新的新传说,更关心新传说所包含的时代意义,更关心一个民族的未来走向。

继往而得开来,承前才能启后。

我愿意变成一只花山的蝴蝶,与花山与岩画长相厮守。

(原载《边城画廊》,广西师范大学出版社,2010年1月第一版)

龙归斜塔

倾斜的塔，或石塔或木塔，世上本不多见，而坐落在江心岛上，像定海神针，更属奇观。崇左的左江斜塔就是奇观之一。它被誉为世界八大斜塔之一。

左江斜塔又名归龙塔、水宝塔，位于崇左市左江石头岛——鳌头峰上，处于急弯激流之中，地势惊险。塔建于明天启元年（1621年），官方行为，初为三层，清康熙三十五年（1696年）加建两层。塔呈八面正檐，古朴雄健，昂然挺拔。每一檐角悬挂铜铃一个，随风摆动叮当作响，悦耳动听。塔顶铸了一铣质葫芦盖顶，相传从不生锈，令人称奇。塔内螺旋砖梯亦斜，逆时针绕至顶层，倾斜感很强，人须扶墙或凭栏方可向上攀爬。据测，塔身倾斜度为4度24分64秒，倾斜方向为南偏西52度16分30秒。据专家推测，当初工匠在建造时，考虑到了江心风力和地基等因素，而有意精心设计。估计是世上现存的唯一古代人造斜塔。自建成至今历时三百多年，屡遭洪水冲刷风吹雨打而不倒，充分体现了我国古建技术的高明与精妙。

著名的比萨斜塔是世界建筑史上一个美丽的错误。它在施工期间就已被发现有轻微倾斜，随着塔身的不断增高，倾斜度也不断增加，在建到第三层时，外行人也看得出倾斜了，工程停工。一百多年后，经工程师精心测量和计算，证明比萨斜塔虽倾斜，但不会倒塌，工程得以继续按原设计施工，直到竣工。

比萨斜塔是不得已而为之，而左江斜塔却是有意而为。为什么呢？

已经无从考证建造者的良苦用心了。对于没有谜底的事物，民间向来不乏善良的演义。

民间传说是，在明隆庆年间，左江中间突然冒出了一块巨石，挡住了江流，浪急漩多，过往船只多遭不测。有人认为是妖龙在作怪，故须修建宝塔以镇河妖。但宝塔遭妖龙戏弄，屡建屡塌。后来得到仙人帮助，搬来半座山奠基，才把宝塔建成。可是妖龙仍不时出没为害。有一壮族青年得到仙人传授的屠龙术，把妖龙杀死，收于宝塔之下，从此天下太平。故此塔又称归龙塔。

这当然是典型的宝塔镇河妖的传说版本。

可是，斜塔已经真实地在那里斜了几百年，也许它仍将再斜几百年甚至上千年，有谁知道它为何斜而不倒呢？这是一个难解之谜。这样也好。如果我们都洞悉一切，或许会失去很多追求事物真相的乐趣。

但是，每每到崇左去，我还是每每问起斜塔：它还是那样吗？有一个回答很有意思：四百年来它都是这样了，你还想要它怎样？是啊，还能要它怎样？它生来就是斜的，扶正或者更斜，都不是它的本意。疑惑尚未解开，而又增添新的疑惑：当初塔的建造是随附山势将斜就斜呢？还是建造者另有他图？图什么？收龙归塔抚慰苍生？塔的倾斜姿态像一个思想者，若有所思。如果塔有思想，四百年的塔，应该有思想了，那它想什么？是关心自身安危？还是惦念往来的船只？它知道在它之上的花山岩画吗？

左江本来就很有灵性，在花山岩画两千年的熏染下飘逸俊秀，而有了斜塔的神来之笔画龙点睛，就更意蕴深远灵动飞扬了。

现实中，左江就只有这么一座塔。

有了这么一座斜塔，左江就不需要更多的塔了。

（原载《边城画廊》，广西师范大学出版社，2010年1月第一版）

太平古镇

太平古镇,开埠已久,依山傍水。山为"文房四宝":文笔山、笔架山、墨砚山、三元山,水为左江,古称丽水,"丽水四折,环其三面,其形若壶,故名壶城"。新兴崇左市设治在此,承前启后,继往开来。

新市新形象。据消息说,崇左市将修复太平古镇旧城垣,再新修两条明代街,力图在废墟上重现明代城市风貌,以打造本土文化,提升旅游竞争力。古城不被人遗忘,这是古城的幸运。

对于旅游资源来说,这当然是一件好事。当我得知这个消息后,我想我得再去一趟太平古镇,赶在它修葺之前,作一次连接历史与现代的探访。

在崇左市成立以前,太平镇是崇左县城;在崇左县城更早些时候,太平镇是明代广西十一府之一——太平府府治。岁月是一把铲刀,冰冷无情,硬生生地铲去了历史的枝枝蔓蔓。曾经完整坚固的太平府城,到今天只遗存东门、小西门、大西门和几节斑驳破败的城墙。太平，一个以名字寄寓国人最高理想的古镇，以前太平的日子却不太多。现在，只能从史书中查阅到太平曾经的辉煌了。

太平古城墙始建于明洪武五年（1372年），城墙为土石砖结构，"高二丈一尺，厚一丈一尺，周围六百四十二丈，城门有五，东曰长春，南曰镇安，小西曰安远，大西曰镇边，北曰拱宸"。城郭依山形就水势，状似葫芦，取葫芦聚宝之意。四座城门临江而开，方便商贾交通往来；一条大路从葫芦口通往城外，易守难攻。城内人群麇集，财富汇聚，昌盛繁荣。清太平知府甘汝来有诗《阅壶关城》赞曰：壶城明初建，得名因形模。丽江凡四折，如环抱其郭。东西南三面，阻江无他虞。城北两江口，为陆为通衢。明、清两朝设知厅、教授、训导等，还修筑众多的坊表、亭堂、祠店和寺庙等。民国二十五年（1936年）前，镇上祠庙、亭堂、寺院大部分被拆除，取料建圩亭、学校。现仅存古迹"丽水龙神庙碑"、"奉宪勒石"和王元仁连笔草书"千年寿"3块碑刻，以及少部分古城墙、城门等。

行走在古城中，"城门危险禁止通行"的红色警示令人惊骇，门内是锈迹斑斑的铁护架撑着黝黑的拱石，有水自上而下，滴滴答答。门外门内民居散落，电线和蜘蛛网交织较劲，"大跃进"时期的标语隐约可辨，被藤蔓覆盖的城门像牙齿掉光的耄耋老者，张着口，无声地诉说着什么。哪家墙头的三角梅开着，很招摇，合着江边悠闲啃草的牛，和皮毛油亮的在墙根晒太阳的狗，说明这里人间烟火正旺。崇左市区在大面积蔓延，一些古迹在慢慢消失，一些故事渐渐被遗忘。我庆幸，还能目睹一部分即将被覆盖掉的古城和生活。迟到，就会错失这些可以真切感知历史的情景细节。

城中的树活得很好。一棵古老的榕树慈祥而从容地站立在旧戏台旁，浓荫匝地，冠盖蔽日。我似乎看到了从花山岩画中走下来的那位巨人，于是我停止走动，坐到树下，安静地靠在树身上，就像靠在祖父的胸前，倾听祖父厚实均匀的呼吸。我那萧疏感伤的心，终于踏实地感受到依靠和温暖。城市会游走，会消失，而树在那里，一直默默成长。这，需要具备长久的耐力和非凡的气质，就像世代生活在这里的百姓，坚忍自强，随遇而安，矢志不移。在不断损毁、灭绝的世界上，在不完整的、残缺的生活中，还能为自己的心灵找到支撑点，这，可以归结为一种精神、一种力量。

据说，除了修复古城墙，修缮城内的文庙、武庙等八大景点之外，崇左市还对城外的十三处历史文化遗产实施完善和改造工程，企图重现旧太平府的八大景观。世盛修志，太平筑亭。在提升旅游竞争力的现象后面，蕴含着当代人对历史的敬畏和对未来的憧憬，承担着衔接历史与未来的人文责任。

树活了很多年，还将活下去，便成一种风景、一种标记。它见证一段风雨旅程和发现，苍老的年轮写满了光阴的味道，被纳进历史的收藏。而生活在这里的人们，也是一种风景，正在谱写新的传奇。

（原载《边城画廊》，广西师范大学出版社，2010年1月第一版）

龙州故事

柔静温婉的左江，悠然百转，把途经的凭祥市、龙州县、宁明县、扶绥县、江州区串联起来，像一条水晶珠链，熠熠生辉。

左江源自越南，她缓缓前行，在龙州与水口河汇合，始称左江。东北流到南宁上游与右江汇合，融为邕江。

这是一条曾经的"黄金水道"。中法战争期间，每天都有上百艘帆船运送军用民用物资由我国香港、广州西溯，经南宁、龙州转往越南谅山、高平等地。千帆竞渡，樯橹翻飞的繁荣景象持续至抗日战争时期，援华物资自云南辗转东运，入左江、右江上船，经邕江抵达南宁，源源不断运往前线。在抵御外来侵略的光荣史上，左江留下了光辉一页。硝烟落定之后，在铁路和高速公路开通之前，左江这条水上航道，仍是上述县（市、区）至南宁、广州的运输动脉。

水路畅通的地方总会有码头，有码头的地方总会攒足人气。江水充沛、穿城而过的丽江，以及毗邻越南的地理优势，造就了龙州县城的几度繁华，最高峰时龙州县城的码头数量达到50多个，多数是各大商行专用。货来人往，车水马龙。

显然得益于地理位置的优越，龙州方才领得风气之先。作为中越贸易桥头堡的龙州蔚然成为左江这串水晶珠链的黄金坠子，沉甸甸，金闪闪。这里的龙州，更多意义上是指龙州县城。

1886年，广西提督署从柳州移驻龙州，龙州成为当时祖国南疆的政治、经济、军事、交通重镇，由此龙州声名鹊起，商旅云集。随之，在龙州出现许多赫赫可数的"广西之最早"：最早对外开放的通商口岸、最早开设领事馆、最早的官办银行、最早构筑的炮台、最早与越南进行民间贸易关口、最早设置海关、最早的军官学校等等。其实，还有更早的，是公元前213年，从湖南零陵开辟往广西的漓江、浔江、郁江、左江过龙州通往越南的水路航道。这是广西最早的古商业航道，龙州因此被载入史册。由此发端，龙州人的商贸思维很早就萌芽了，并在广西经济发展史上发挥引领潮头的标杆作用。

抗日战争时期，日军铁蹄南下，武汉、长沙相继失守，危及桂林、南宁，广西各地和其他省份的官员商贾扶老携幼避乱龙州，一时间，龙州人口剧增，丽江两岸商铺林立，龙州便有了"边陲不夜城"之美名。

历史一久故事就多。

每次拜访龙州，我都要去那些古老的街巷转转，看看龙州菜刀，看看龙州砧板，看看"鬼出龙州"这个远近流传的典故因何而得。

这是一个雨后的下午，丽江迷蒙，我坐在江边的粤剧馆里，泡一壶茶，请一旁闲坐的老人讲讲龙州故事。老人细声慢语，毛举细故，却也说不清龙州到底有多少条老街。坊间传说龙州有21条街，营街、千总街、驮苗街、白沙街、老干街、新龙街、合龙街、打铁街、龙江街、蕹菜塘……老人家点出名字的就不止21条了。老人说，每条街巷都有故事可讲，说来话长啰。

一些故事是有史可查有据可考的，单是凭着街名就约莫猜出当年的流影碎光。营街，当是清兵屯营之地；千总街，该是某老总的住地了，一问，果然是陈勇忠烈祠立在街尾；打铁街，肯定是出产龙州菜刀的作坊了。这些平实如土地的街名，曾经多么喧闹地装饰过人脉昌盛的古城龙州。

依我看来，所有这些古老的街名，无论如何，就像一幅山水画的一笔笔点染，毫无凿痕，浑然天成地衬得起龙州的沧桑风云和百年传奇。与此相反，今日龙州的一些新小区新街道的名字，尽管尽可能地往文化靠往财富靠甚至往西洋靠，带着一副穷人乍富挺胸凹肚的暴发户的样子，但是有多少令人亲和友善的况味呢？除了与周遭环境的格格不入，剩下的就是浮华与霸气，倒显出根基的浅薄。我不相信，"星光大道"就比"打铁街"更令人安居乐业，宜室宜家。

一些故事是不能认真考据的。据说，当年驻扎在龙州的桂系军阀首领、广西提督陆荣廷很爱吃狗肉。有一天，他接受了法国客人赠送的一条宠物狗。第二天见面，客人问这狗怎么样？陆老帅连说好吃好吃。客人知道这狗被宰了吃了，哭笑不得。

老人说，建于1913年的龙州铁桥，毁在1940年，是人们为阻挡日寇而主动炸毁的。龙州人捡起铁桥的钢材来做菜刀，菜刀很坚硬锋利。其实，龙州菜刀在宋代就很出名，可以连斩数头牛而锋刃不钝。青龙菜刀为龙州老牌产品，过去打铁街铁匠均用青龙桥下溪水淬火，故有"青龙水，龙州刀"之说。

与菜刀相对应，龙州砧板也很有名。砧板多用枧木制成，木质坚硬，结构紧密，韧性强，耐腐蚀，无虫蛀，色泽红润，即使快刀斩剁也不留刀痕，被誉为厨中珍品，一般可用20年。龙州砧板已扬名数百年，18世纪就通过水路出口欧美各国。

老者絮絮叨叨，姑且听之姑且信之。

告别老者，走在街上，看那长长短短的小巷，有起伏的韵脚，有参差的背影，极像宋词的长短句。斜阳拂草树，巷陌不寻常，多少风流，多少故事。生怕在这些古老的街巷流连久了，仿佛连人也回不来，便随那汲水的姑娘柔柔牵手——那粉藕一般的纤手，走进小巷深处，走进故事深处。

（原载2008年4月16日《左江日报》）

明仕读画

南宁车友会的一位车友官场失意，蔫巴巴找到我，希望我能指点迷津。

我给他开了一个方子：带上《雅舍小品》或者《兰亭序》到明仕田园小住几日。明仕是广西最佳的汽车宿营地之一，车友诺诺。我想，在明仕田园那样和谐纯净而生机盎然的山水之间，或许能令他那颗郁结愤懑的心复归平常，再阅读这两本闲书，也许可以给他带来某些达观与超脱。美丽，极致的美丽，有时候能令人忘掉别人，同时也忘掉自己。

明仕田园我去了两次。第一次去，是应县里之邀，前呼后拥走马观花，像赶场似的，印象中，明仕比阳朔多了几分宁静。后来，为了这份记忆中的宁静，为了某个心结的消解，我再次去了，一个人，自驾车。

距大新县城50多公里的明仕，以田园风光被评为国家4A级景点，自然有很多可看之处，任何形容江南田园风光的词语在这里都能用上，山水画中典型的场景——小桥流水人家，在这里也能找出生活的真实。目光所及，定格，就是一幅传统的山水画，标上春山烟岚或秀水灵源之类的画题，恰到好处。聚沙成塔，聚物成景。于我看来，这样的山水画境在广西并不少见，或者说，曾经存在过很多，但是都因为人为或天为的破坏而无几幸存。明仕是幸存者。

风景是有季节的，春秋代序，星移物换，一时一景。而看风景的心情也是有季节的，有道是，佳人伤春文士悲秋，情景相容才是观景之道。看景如读画，而画无可读，读其诗也。画中有诗诗中有画。在明仕这幅博大的山水画里，观画人自当寻得诗意、诗趣、诗境，方才不枉此行。可别是带一腔愁绪而去，在秀水明山前还是泪眼问花花不语，乱红飞过秋千去，到头来，一川烟雨，满船风絮，梅子黄时雨。

看着田间劳作的村民，还有河边吃草的牛，心底暗忖，有过农村经历的人去游览明仕田园，更能读懂田园的含义。你首先得读懂一条河，一条养育田园的小河，理解一条河对于农人的意义。明仕的美首先得益于明仕河——它像一条青绸绿带，曲折蜿蜒盘绕于田园之中，两岸是田，田外是村庄，村庄之外是山。水是农人的生命之脉，也是风景的生命之脉。假如这里没有明仕河，这里还有明仕田园吗？还会有明仕田园风光吗？当你看到引水的沟渠是如此的光滑平整，你会明白风景区的每一个细节都备受精心呵护，这很像世界闻名的龙脊梯田，世世代代都得到了当地人的用心打理，在纯天然的外表下，其实饱含了世代生活于斯的人们对家园的苦心经营。

看风景，看出诗来是一层境界，看出心来又是另一层境界。水如此，山亦如此。山的层峦阵列、疏落间错是自然的造化，而山能群峰竞秀绿意荡漾，则是人对山的理解和呵护，唯如此方能成就山水美景。

生活在这里的壮族人恬淡安详，他们把庭院收拾得干干净净，村旁的桄榔树也收拾得干净井然，看不到枯枝败叶。荷花在塘里开着，几只草鸭在荷叶间追着蜻蜓。路边立有几个水龙头，村里人说是方便露营者使用，不收钱的。民风的淳朴和环境的天然完整，引得许多电影电视剧组来这里选景取景，就连抽调村民充当群众演员，也没有人在乎劳务费的多寡。

人在画中，与画相伴，相互熏染，人就会像画一样空明纯粹。我们去看风景，风景中人说是美，那美才是真的美，如果不以为意，那这风景肯定有残缺之处。

每每冗于琐务俗尘满襟，我便想起不遥远的明仕，想象下一次的投入，菊花盈窗，案有米酒，细品陶潜，了无尘念。

不知车友去了没有，去了，不知能否有所妙悟。

（原载《边城画廊》，广西师范大学出版社，2010年1月第一版）

风雨人生桥来度

艳说林溪风雨桥，
桥长廿丈四寻高。
重瓴联阁怡神巧，
列砥横流入望遥。
竹木一身坚胜铁，
茶林万载茁新苗。
何时得上三江道，
学把犁锄事体劳。

风雨桥之所以以"风雨桥"三字闻名于世，盖因诗人郭沫若的这首诗和"风雨桥"三字题款。郭老没有到过三江侗族自治县，他在看到三江程阳永济桥的照片后大为赞叹，欣然赋诗。这是1965年10月，郭老时年古稀有三。从此，新名"风雨桥"盖过了本名"福桥、花桥、回龙桥"。

未临其境却能书写其诗，是文人骚客雅事之一。

范仲淹是否到过岳阳，是否见到过洞庭湖也已无从考证，但他却写出了千古名篇《岳阳楼记》。写这篇文章的时候，他在今天的陕西延安市做个小官，是被贬去的。一个被贬黜到穷乡僻壤的落魄文人，却能"先天下之忧而忧，后天下之乐而乐"，振聋发聩而又润物无声，滋养了在他之后的很多读书人，塑造了一代又一代士大夫的品德形象。这句话同时成就了岳阳楼的天下美名，也确立了范仲淹在中国文坛的地位。郭老一定知道范老夫子与岳阳楼的故事，郭老的风雨桥赋诗也可以与《岳阳楼记》比肩，世人由此而知道广西有个三江侗族自治县，三江有座风雨桥。

举凡地灵多为人杰。与岳阳楼同收异曲同工之妙的，如：湖北武汉的黄鹤楼，因崔颢的《黄鹤楼》而名气大盛；江西南昌的滕王阁，因王勃的《滕王阁序》而名垂千古；桂林山水因韩愈《送桂州严大夫同用南字》的"江作青罗带，山如碧玉簪"而名驰寰宇誉满天下。

程阳风雨桥当属地灵人杰之杰作佳构。桥在林溪乡，距三江侗族自治县县城约18公里，始建于1912年，成于1924年，原貌为：石砌大墩五，上架四丈余长盈抱之杉树，凡三层，横跨江流，桥上设亭24间，中亭作塔形，祀关帝，两头建八角亭，置栏杆板凳，供人休息。

当年的侗族工匠采用我国南方少数民族传统建筑中常用的结构形式——穿斗式结构来建造程阳桥，不绘图，不制模，不用一钉一铆，只凭一把当地人称为"香杆"的木角尺量量画画，只以质地坚耐的杉木凿榫挖眼，横穿直套，就把结构严谨、造型独特、极富民族气质的风雨桥建造起来了。整座桥梁具有很强的抗震性能，外观既有古代越族干栏的简约风格，又有汉族宫殿的华丽修饰。据考证，汉末以后侗族地区就开始出现了风雨桥。1982年，程阳桥被列为全国重点文物保护单位，为世界四大历史名桥之一。

1983年，程阳桥被洪水冲毁，现存的程阳桥是1985年修复的。修复后桥面长77.76米，两台三墩四孔，墩呈六面柱体。桥身分为两层，底层横竖铺排巨杉圆木，再在梁上铺木板作桥面。上层为廊、亭、塔连成一体，在墩台之间设廊，在两台之上筑两亭，三墩之上筑三塔。两边亭、塔互为对衬。整座大桥从上到下浑然一体，雄伟壮观。廊亭木柱间设有座凳栏杆，栏外挑出一层风雨檐。廊亭内雕有各种图案，长廊和楼亭的瓦檐头均有雕刻绘画，人物、山水、花、兽类色泽鲜艳，栩栩如生。程阳桥的建造和修复，是侗族人民智慧的结晶，体现了侗族人民的聪明才智和伟大的创造力。修复竣工后，主持修复工作的广西大学周霖教授有铭文赞道：

桥之工拙，又岂在装金饰玉哉！试观此奇桥伟梁，横亘绿野，峥楼嵘础，倒掩碧空。负砥强似灵龟，承梁胜于螭龙。黛白相间，酿清新为素雅；横竖交列，蕴隽美于会融。不堆不砌，无缺无冗。和谐得体，稳健从容。有谓，美在宜不在妆，雅在清不在艳，信矣。

1988年9月，广西壮族自治区人民政府发布《关于公布第一批自治区级风景名胜区的通知》，其中提到，许多侗族村寨都有长廊式木结构的风雨桥和形似宝塔的鼓楼，其数量之多，式样之富，造型之美，技艺之巧在全国是罕见的。三江侗族自治县的风雨桥以程阳桥和岜团桥为典型代表，岜团桥的形式和结构与程阳桥相仿，同属全国重点文物保护单位，其特点是人畜分道。湖南、贵州的侗乡还有许许多多久负盛名的风雨桥。

湖南芷江侗族自治县有一座现今中国最大的风雨桥，叫龙津桥，横卧在舞水河上，始建于1591年，400多年来历经多次损毁与重建，一直是湘黔公路的要塞，史称"三楚西南第一桥"。桥身全用杉木横穿直套，孔眼相接，结构精密。桥的人行道两侧长廊共设厢房式商业店面90多间，在交通往来功能之上多了商贾的功用，是独一无二的风雨桥商业步行街。

始建于1882年的贵州黎平县地坪乡的花桥，横跨在美丽的南江河上，桥上建有三座桥亭，中亭高约8米，五层重檐四角攒尖顶，顶上安装有葫芦宝顶，桥两端是三层重檐歇山顶，高约5米。桥翼角有瑞兽装饰，横廊顶脊装饰泥塑鸳鸯、凤凰，是贵州最古老的风雨桥，2001年被国务院公布为全国重点文物保护单位。

湖南通道侗族自治县的坪坦回龙风雨桥也很有特色，桥身每间参差一分，成一度弧形，使全桥环成20度弧形的蛾眉月形状，为侗乡风雨桥中所独有。

随着民族风情旅游热潮的兴起，在南宁、上海、天津、贵阳等地新建有许多风雨桥，其功用以观赏为主。建造这些观光风雨桥的能工巧匠也全是来自侗乡。

除了架于河流之上发挥交通功用的风雨桥之外，侗乡还有许多架设于小溪上的风雨桥。说是桥，其实与交通的作用关系不大，在外人看来，纯属摆设。贵州榕江晚寨风雨桥，建在离寨较远的峡谷中，桥下有溪水，平时水流不大，无桥也可过河；贵州从江龙图寨风雨桥，建在寨子边，桥下并无水。广西三江独峒乡盘贵风雨桥，桥下的溪水也不深，行人可以涉水而过。桥的民俗寓意颇为神秘，如保护风水、守村护寨等。这种超越了实用和美学的建筑，实际上是侗族风水观念的一种具体体现。

与鼓楼一样，风雨桥上最明显的装饰物就是鸟和龙。龙鸟图案无处不在，繁复叠加，令人不由得联系到侗族与古越人鸟文化和龙文化的诸多渊源。在侗族大歌中，经常可以听到侗族歌手把自己的寨子比喻为龙窝。如果把鼓楼当作龙头的话，那么，簇拥在它身边的密密麻麻的吊脚楼就是龙的身体，而风雨桥则是龙尾。如此，侗人堪舆理念中的龙脉才算完整，村寨始得平安兴旺。

关于风雨桥，侗乡流传着一个美丽的传说：古时，一对新婚不久的年轻夫妇走过一座木桥，河底突然刮起一阵狂风，把年轻貌美的新娘卷走了，原来是河里的螃蟹精作怪。新郎在河边急得大哭，哭声惊动了水底的一条花龙，他为男子的痴情感动，于是将螃蟹精杀死，救出了新娘，夫妻得以重聚。后人为纪念花龙，就将那座桥改建成画廊式的风雨桥，还在柱上刻了花龙的形象，称它为回龙桥。后来，风雨桥成了情侣们谈情说爱的好去处。伴随着潺潺流水声与流萤飞舞，并肩坐在桥上喁喁私语，是侗族青年男女一种悠远而别致的浪漫。

侗寨大多依山傍水，跨水而居，逢河架桥在常理之中。桥梁由木而石、由梁而拱、由简而繁，由一孔拱至多孔拱，梁拱兼存，侗寨就出现了独木桥、木拱桥、竹篾桥、石板桥、石拱桥、风雨桥等多种桥型。有了桥，本来就很富于灵性的侗家河水顿时增多了几分生动，与村寨中的鼓楼相呼应。桥是这幅侗家风情水墨画里横的一笔，鼓楼则是竖的那笔，一横一竖，水墨画的立体感和层次感陡然凸现，令人神往，而鼓楼亦愈发清秀挺拔。在风雨桥的宽容、轩昂、雍容的背景下，人和人的影子是点睛的一笔，不可或缺。在这样的风景里，在这样的桥上多走一阵，身心都会自在舒坦起来。

每个年代的桥都保留着那个时代的印记。但无论材质、造型如何变化，侗家桥梁的整体风格总与当地山水村寨相濡相融，而绝不会是另类。风雨桥，不是简单地连接左右岸的交通，它将厚重的侗族历史承载，与千百条河流一起见证着侗乡的变迁和发展。

侗家人认为，每个人的生命中都有一座属于自己的桥，连着阴间，也连着阳间，或许是风雨桥，或许是独木桥，一个人的一生就是从桥的这头走到桥的那头。围绕着桥，侗族人有着许多相关的礼仪习俗，如搭桥、安桥、暖桥、守桥等礼俗活动。为了桥，侗族还有一个专门的节日，叫架桥节。相传，侗族的先祖因逢河架桥、逢山开路积下功德，从而子孙昌盛枝繁叶茂。子孙就把农历二月初二定为架桥节，用以纪念先祖的恩德。如此，我们就不难理解侗族人对桥的珍爱了。有些桥不仅仅是实用意义上的桥，更是侗族人民追求完美生活、追求灵魂超越的象征。每一座风雨桥都珍藏着侗族人民一颗颗纯洁而美丽的心。

溪水溶溶拍野桥，薄云开处露林梢。不知一夜前村雨，多少新泥上燕巢？这样的场景，这样的田园风光，在古画古诗中是幸福和谐的标志。一弯秀水，一架小桥，水边桥头，几间农舍错落有致，燕子在天上飞，牛或狗露出半个身影。桥，成为一种文化符号，担负起人生的种种象征。有形之桥，飞架南北东西，天堑变通途；无形之桥，贯通此岸彼岸，度人亦自度。

（原载《侗情如歌》，广西民族出版社，2010年10月）

侗乡鼓楼

进入侗乡大地,最先映入眼帘的,就是那既像宝塔又像楼阁的高高的鼓楼了。鼓楼像一根骄傲挺立的大拇指,端庄大方地矗立在寨子中央,俯瞰周围簇拥着的高高低低的吊脚楼。

每一个侗寨至少都有一座鼓楼,鼓楼是全寨子最高的建筑物。在侗族人的传统观念中,集体利益永远高于个人利益。个人再有钱再有势,起的木楼高度也不能超过鼓楼。鼓楼是公共建筑,是整个寨子的议事中心,代表权力和权威。

据侗族古歌记载,侗族每迁徙到一个新地方定居,首先要修建鼓楼,全寨人则搭临时窝棚暂时栖居,待鼓楼建成之后才可以建造自己家的楼房,各家楼房都不得高过鼓楼。为什么要如此呢?具体原因已经无从考证了。但是,鼓楼建造成杉树的样子是有说法的。传说一:古时的侗族先民在长途迁徙时,曾多次在大杉树的荫护下休养生息,鼓楼就建造得酷似一棵大杉树，寓意着蓬勃生机。传说二：古代的侗家人曾在大杉树下围坐烤火议事，不小心烧死了杉树，于是，侗家人仿照杉树的样子建起了鼓楼，以表明对杉树的愧疚之心。因此，侗家人珍爱杉树，也珍爱鼓楼。

大的侗寨有几个房族，每个房族都有自己的鼓楼，供房族的人公用，比如开会议事、招待客人、过年踩歌堂等等。房族内部的公告启事，也张贴在鼓楼正门两侧，以示郑重。贵州省黎平县的肇兴侗寨，是全国较大的侗寨之一，那里有五大房族，就有五座鼓楼，交相辉映，气派壮观。

湘黔桂三省区交界处是鼓楼集中的区域，湖南通道侗族自治县、贵州黎平县和从江县、广西三江侗族自治县和龙胜各族自治县五个县有大小鼓楼数百座，许多是成群分布，如肇兴鼓楼群、六洞鼓楼群、千七鼓楼群、九洞鼓楼群、二千九鼓楼群等。从江县的增冲鼓楼，是全国现存较古老的鼓楼之一，建于清康熙十一年（1672年），是全国重点文物保护单位。广西三江的马胖鼓楼和湖南通道的马田鼓楼，也是全国重点文物保护单位。

鼓楼为木质多层建筑，集塔、阁、亭于一体，具有宝塔之英姿，阁楼之壮观，亭台之雅致，造型丰富。楼的平面都是偶数，有八面、六面、四面等，楼的立面都是奇数重檐，有三层、五层、七层等。侗家人认为奇数是阳数，寓意吉祥。

鼓楼的主承柱有独柱、四柱和六柱之样式，以四柱为多见。与主承柱相连接的檐因数目不同，而分为四角重檐、六角重檐、八角重檐等不同造型，楼的顶部有歇山顶、悬山顶、攒尖顶等多种形式。在攒尖顶中还有单层顶和双叠顶之分。檐上覆以青瓦，檐角摆置彩色龙凤、花鸟等。整座木楼不用一颗铁钉，全是杉木凿榫衔接，横穿直套，纵横交错，结构严谨，扣合无隙，百年不倒。

鼓楼底部厅堂通常是正方形，宽二三丈，中间用石头砌一个大火塘，四壁镶板，架设长条凳，可容纳一二百人集会，但不作任何私人性的日常用途。平常不用的日子里它就空闲着，等待节日和重大活动的到来。人们在它空闲时可以自由进出。从礼仪上说，大器是不可轻易使用的，保持着一份神秘和慎重。鼓楼的闲置状况恰好表明它同琐细凡俗的日常生活保持着庄严疏离的立场。

侗族是具有建筑天赋的民族，鼓楼是由侗族自己的能工巧匠自行设计，无须图纸。数百根梁、柱、枋的尺寸以数百支竹片为记号，结构和工序全在工匠心中。这是一门绝技，外人难以通晓。

鼓楼由村人或者房族的人捐资、捐料、出工修建起来。捐献顶梁柱的人是要有一定资格的，通常得是几代家门兴旺、人口健康的大户人家；而楼顶直立的那根"雷公柱"，对材料捐献者的"资格审查"更为严格，除了要求家门兴旺、人口健康以外，还要求福寿双全，比如说是四代同堂、书香门第、入仕为官的人家。侗家人相信，这样的人家可以把好运带给大家。

考虑到木质建筑的防火需要，鼓楼边一般都建有储水池或鱼塘。

鼓楼是一个寨子的中心。鼓楼及其四周的歌坪、戏台、萨堂构成了一个侗寨的中心区域，向外扩展，是紧密相接的民居住房圈，密密麻麻，再外一圈就是禾晾和禾仓，最外层是寨门、凉亭和风雨桥。

有鼓楼处是侗乡。鼓楼作为侗乡独有的明显的标志，令人过目不忘。鼓楼之美在于飞檐的翘角尖如鹰喙，层层叠叠，重檐而上，依次缩小，檐上绘有龙凤花卉、民族图案，五彩缤纷，这些图案反映了民族的图腾和崇拜物。楼顶的仙鹤或葫芦，寓意吉祥和人丁兴旺；四根主柱代表四季风调雨顺，兴旺发达；十二根檐柱表示一年十二个月，月月顺遂，岁岁平安。鼓楼之美还在于它的巍然挺立，气概雄伟，既有宝塔的壮观，又有亭阁的清雅，摄人的心魂。在秀丽挺拔的外形之下，鼓楼的美在于它体现了侗族人民的凝聚团结，及其知难而进、百折不挠的奋斗精神。有诗赞曰：锦鸡翅膀凤凰尾，比不上侗家鼓楼美。

鼓楼是全寨子或全房族的指挥中心、活动中心，寨子里的大小事务都离不开鼓楼。从祭奠祖先、宗教仪式到房族议事，从招待客人、歌舞娱乐到节日庆典，都离不开鼓楼。侗族大歌有许多内容是歌颂鼓楼的，有一首这样唱道：

鼓楼是村寨的暖和窝，没有鼓楼无地寻找欢乐，高高的杉木竖起鼓楼来，就有了聚集的场所和欢乐的歌。我们鼓楼真是高，一层一层接上云霄，仰首望掉"包头"难见顶，就像矮人爬树难登尖。我们的鼓楼顶上啊，形态奇特变化万千，它像蜜蜂的窝千孔万眼，它像一盏明灯已经拨亮，永远挂在我们寨子中间。

鼓楼在侗族人民心中占据着极其重要的地位。鼓楼是侗族的根，是侗族的历史，是侗族的文化，是侗族的精神家园，是民族团结的标志。在侗族的学者、作家心目中，鼓楼被赋予了太多的象征意义，它已经演变成一个蕴涵多重意义的文化符号，每一层都堆积着侗族历史与文化演绎的痕迹，张扬侗族文化生生不息的生命力，承托起侗族的历史与未来。

远望侗寨，山中有水，水中有楼，山、水、楼机趣相契，错落有致，酷似一幅外师造化气韵生动的山水画，而鼓楼就是那画中的点染之作，俊秀挺拔，雄健沉稳。

（原载《侗情如歌》，广西民族出版社，2010年10月）

美丽家园

人住半间云住半间

　　游走在侗乡村寨,看脚下的石板路,看左右两侧的干栏,仿佛在公园的花径漫步。在远处看起来是一片灰暗的木楼,其实建造得非常精致乖巧,绝无横枝旁逸。石板路多以青石或卵石铺砌,路面精心编排的各种图案,有太极图,有斗牛画,像风雨桥里的雕栏画栋,都极有侗族特色,舒目养眼,故有游客称之为花街。

　　侗族村寨选址非常讲究风水地理,寨子必定选择在依山傍水的向阳坡上。山上有树是最好的了,如果没有,全体村民都要上山栽树。不几年,快速生长的榕树、杉树,就将小小的村落掩映在团团绿荫之中。树下鸡鸣狗叫,树上小鸟啁啾。世事纷扰,唯独此处清凉宁静,羡煞旁人。清晨,一团团水汽从山下逶迤的河面飘起,到了半山,拢成云,云把寨子托在半山腰,云从这家出,又进那家去,云散云聚,聚云成锦。傍晚,暮霭中牧童晚归,倦鸟归巢,白云出岫。

想象中,与云作伴的日子就是神仙的日子了。

寨子是安静的,宛如侗族人的柔静温婉。都说侗族人是吃糯米长大的,性情有点糯,还说侗家人居住在青山秀水间,这里钟灵毓秀,物阜人丰,少了几分穷乡僻壤的粗粝和急促。

"安逸"是侗家人常说的一个词,所有美好的事与物,都可以用"安逸"来形容和表达。当然,侗族的住房用"安逸"来概括就更加恰如其分了。

物足人富,建造住房自然刻意求工。长期的熏染塑造了侗族人的建筑天赋,建筑的代表作当然是荟萃菁华的风雨桥了。风雨桥是集体智慧的集中体现,自然含糊不得,但对于自己的住房,侗家人也同样郑重其事,绸缪良久。

起屋是侗家人的人生大事之一。屋子尽可能依山傍水,朝向一定是朝着河流田坝。建房用材理所当然就是用杉木了。杉木是侗族地区最常见的树种,挺拔修长,是建房的好材质。侗族历来就有人工培育杉木的传统,每当儿女出世,父母就上山广种杉树,十八年后杉树成材,即可用于建造新房。

房子的样式是传统的干栏式,在地上或水中打桩立柱,竖栏杆,将房屋构筑其上,用这种方式修建的房屋通称干栏式建筑,能够防水淹、防潮湿、防蛇虫、防野兽等,一般是三层建筑,底层接触地面,较为潮湿,易受虫蛇侵扰,是不住人的,用来安放舂禾的石碓、堆放农具柴草、圈养家畜等,第二层是住人的区域,设有火塘、卧室、楼梯间、宽廊以及其他辅助空间,第三层一般用来存放粮食,以及一些不常使用的生活用具,基本上是一个仓库。一般用三根或五根主柱排成排搭建主体结构,将三排或五排柱相对竖立,再以横穿枋连成架,上端加梁,梁上铺椽,呈前后两檐的形式,左右两边分别竖矮柱并横梁覆盖,一楼一底、四榀三间。有些在二楼横腰加建一个披檐，从而形成侗族民居重檐的艺术特色。从使用功能来看，增加了前廊的空间，便于小憩纳凉和晾晒谷物。屋顶多为悬山式，也有的为歇山式，分为四面，脊短坡陡，下有披屋面，用木皮、草排或瓦片覆盖。楼室门口安置木梯一架，一侧设有阳台。一家一栋，相对独立。房子的内外装饰注重保持木头的原色，柱头多雕成南瓜、灯笼状，门窗和走廊栏杆雕花。有的村寨，如广西三江侗族自治县的苗江、八江、林溪一带，多聚族而居，将同一房族的房子连在一起，廊檐相接，可以互通，方便来往和设宴接待宾客。正所谓：侗屋高高上云头，走遍全寨不下楼。

如果房子主人贤惠好客，家境富裕，住房宽敞，又有能歌善舞、聪明过人的女儿，这一家自然成为青年男女谈情说爱、行歌坐月的理想场所，家里宽敞的廊檐晚上常供女儿专用。侗胞称其为"月堂"，即侗族未婚青年男女社会交际场所。青年们在"月堂"内谈情说爱，对唱情歌，通宵达旦。因活动多在月明星朗的晚上进行，故称"行歌坐月"。每当夜幕降临，侗族后生拿着牛腿琴来到"月堂"，与坐在堂内纺纱、绣花的姑娘对唱情歌。歌声起伏委婉，再配上牛腿琴、琵琶等乐器的伴奏，更加悦耳动听，给人如荡秋千那样悠悠荡荡的感觉。这是侗寨最为温馨的一幕。

在"月堂"对唱的情歌温婉含蓄，不像在山野唱的山歌那样热辣煽情，直白大胆。

假如天上没有月亮，就看不见大树的阴影；假如田里没有放鱼，就看不见田水浑；假如家里没有姑娘啊，又怎能传来动听的纺车声？姑娘呀，请开门吧！我们是远方的客人。

天上出了月亮，才有伴着的星星；塘里有了蚌子，才有了红眼的鱼群；要是你的笛子不响呀我的纺车又怎会弹唱？远方的客人哟，请进来吧，我们坐到鸡叫，唱歌到天明。

天上的星子分布没平均，地下阎王安排人的命运太不均，别人命好他不费心机也得到你，可怜我苦命人舍命追你也枉费情。别人有贤妻他希望天黑早一点，我这单身郎巴不得一年四季天莫黑。"

这是后生哥唱的。

姑娘们则答道：

好吃的杨梅总是长在那高高的树尖，潇洒的心上人总是住在那遥远的天边。好长好久的时间都不能见上你一面，等你一天好比过了一百年。如果能有一天和你在一起，就是让我吃你嚼过的饭心也甜。

这样委婉的情歌翩翩散去，随风潜入过来人的梦乡，梦，被笑醒了，醒来是甜甜的回忆。

堂屋是房子的中心，多有神龛。堂屋的左侧或右侧设火塘，火塘上常年架设一个铁制的火架，侗家人叫它"三脚猫"，这里终年烟火不息，是取暖、炊薪、用餐和接待客人的地方。

有些房子巧妙地建在水塘上，楼上住人，楼下养鱼，想要吃鱼，只需揭开楼板，垂手可得，人欢鱼跃，相映成趣。一些人家的粮仓也建在水塘上，利于防火、防盗、防鼠。

侗寨几乎所有的民居都是外向敞开型的，不置围墙和院落，并以鼓楼为中心，环楼而建，状如蛛网四面散射。鼓楼是寨子的中心，鼓楼的前坪就是全寨人的公共院落。

大多数侗寨都建有木质的寨门。寨门是寨子的脸面，自然多加装点，讲究卓尔不群，或似牌楼、凉亭，或似长廊、花桥，夺人眼目。在四面敞开的环境中，侗寨的寨门实际上没有任何防御的功能。侗寨的寨门更重要的功能是它的仪式功能。村寨之间的大型的交往实际上是从这里开始也在这里结束的，因此，寨门不仅只是界标，它更是一个举行仪式的场所。

侗家人一般不饮河水饮井水，每个村寨中心和寨边都有泉眼，村民用大石板将泉眼围成水池，俗称"石井"。井里还养些红白相间的小鱼。井上盖一块大石板，用以遮住雨水和树叶等杂物，保持水质的清洁。有的石井还修建井亭，用雕花的青石板砌起，亭柱上挂着一排竹筒做的竹杯和竹瓢，供过往行人取用。亭内置有木板长凳，供行人小憩。

信步侗寨，看错落有致的吊脚楼，那整齐的屋瓦、上翘的飞檐、曲折的长廊，处处展现出一种含蓄、乖巧的美来。看楼与楼之间的水田、池塘、竹林、菜地，心灵能享受到片刻的宁静。池塘里的一群白鹅优哉游哉，偶尔的一两声鸣叫，更显出寨子的宁静安详。这里的世界安享素雅与清淡，天是蓝的，屋顶是黛青色的，人们的衣服是青灰色的，只有姑娘头戴的山茶花鲜艳灵动，透露盎然生机。

侗乡就生活在理想蓝图里哩。

（原载《侗情如歌》，广西民族出版社，2010年10月）

夜听大歌

侗族文化三件宝：大歌、鼓楼、风雨桥。

鼓楼和风雨桥看得见摸得着，即使没有到过侗寨，也可以在影视节目和书报中约莫领略过它们的风姿，大致能说出个子丑寅卯来，但侗族大歌就不一样了，非得亲临其境，在夜里，在鼓楼里，在翻译或解说的帮助下，亲耳聆听，现场体悟，才能了解和欣赏它的真谛和神韵。侗族大歌博大精深浩瀚如海，对于一个游客来说，聆听一晚，触摸到它的只鳞片爪，能道出几分的所以然来，就很值得自豪了。

好在有了一次难得的机会欣赏到了侗族大歌的饕餮盛宴。这是2005年国庆黄金周，广西三江侗族自治县举办"多耶程阳桥"文化旅游节，县委宣传部的朋友邀请我们前往，到古色古香的侗寨欣赏侗族大歌。

车子到达程阳桥已是暮色四合了，远处的灯火影影绰绰，山里的秋夜安宁极了，依稀听到几声吊嗓，更是增添了夜的静谧。

在来的路上，宣传部的朋友就在车里给我们临时补课，介绍了侗族大歌的基本常识。

朋友的开场白就是一首侗歌：侗族人民爱唱歌，日出唱到日落坡；明月东升歌又起，月照山头歌对歌。

朋友说，在过去，侗族没有自己的民族文字，侗族文化的精髓都被歌师们编进歌里，世代传唱。年长者教歌，年轻人唱歌，小孩子学歌。侗族歌曲的代表就是大歌，侗语称为"嘎老"或"嘎玛"。"嘎"，歌也；"老""玛"，既含有大之意，也含有众多和古老之意。

大歌作为一种民族群体参与的多声部民歌，一般由代表村寨的民间歌队演唱，演唱队伍和阵营庞大，洋溢着一股大气。大歌演唱有着厚实的群众基础和多层的组织形式，多以村寨或房族组成歌队。每个歌队少的有四五人，多的到数十人不等，歌队中有"歌头"一至二人，担任合唱队的高音声部及领唱部分，其他成员唱低音。每个歌队由有经验、知识丰富的老歌师具体辅导训练。歌队也可按性别、年龄组成，有儿童队、少年队、青年队、中年队、老年队、男女队。歌队成员在七八岁就开始接受启蒙教育，进入有组织的音乐训练，到十二三岁具备一定的演唱能力，才可走进歌堂，听人唱歌，十六岁左右比较成熟了，就能加入成年队，开始走寨唱歌对歌。一个歌队，直到它的成员大部分都结婚后才自行解散。中年队和老年队则承担培育新人、传承文化的历史使命。

朋友说，侗族大歌与侗族其他民歌的区别主要有三点：一是，大歌必须由歌队演唱；二是，各种类别的大歌具有明确的声部区分；三是，大歌曲调结构独特，每首歌均由"歌头""歌身""歌尾"三部分组成。大歌的种类很多，包括鼓楼大歌、声音大歌、叙事大歌、礼俗大歌、戏曲大歌、童声大歌等，还有新中国成立后新编排的混声大歌。声音大歌曲调最优美、最动听，有丰富的多声部因素，多为四句和八句，每句歌的后面都有长长的衬音，模拟自然界的声音，女声声音大歌最好听，如流水，如鸟叫，如蝉鸣，悠扬悦耳，婉转多情，百听不厌。叙事大歌内容主要为神话、传说、历史事件、英雄人物等叙事性的长歌，重在叙述内容，属于吟唱类风格。礼俗大歌包括各种礼俗场合演唱的多声部歌曲，主要有拦路歌、踩堂歌、酒歌等，由领唱与合唱构成。戏曲大歌是指民间侗戏班演戏时演唱的大歌。童声大歌是由儿童歌队演唱的大歌，曲调清新欢悦，音域不宽，容易学唱。混声大歌就是男女声混声合唱，在舞台上由专业的演员分声部合唱，这是新中国成立后发展起来的一种大歌演唱新形式。

今晚我们去听的是鼓楼大歌。

朋友说，鼓楼大歌是大歌中曲调最古老的一种，多在节庆之时在鼓楼里演唱，故称为鼓楼大歌，主要内容是歌颂真善美，传诵做人的道理，讴歌自然与劳动、爱情与友谊，有些类似壮族的伦理道德长诗《传扬歌》，全面阐述了朴素的伦理道德观，比如要求夫妻恩爱和睦，牢记"当年结伴侣、结发情义长"的誓约；兄弟妯娌要同心持家，克勤克俭；孝敬父母，邻里团结，互谅互让；等等。凡是历来教唱大歌的侗族村寨，很少有人打架、骂街、偷盗，可以说得上是"夜不闭户路不拾遗"，犹如陶渊明笔下的"桃花源"。

朋友讲完，不无自豪地笑道："侗族是诗的家乡歌的海洋，讲再多你们也记不住，等一下听鼓楼大歌，只要用耳朵和心灵去捕捉去欣赏就得了，音乐讲究知音，智者见智仁者见仁啊。"

看来，这位朋友已有多次陪客听歌的经历了，见惯了场面，估计有时也会接待某些不识货的莽撞家伙，难免会有"春风满面皆朋友，欲觅知音难上难"的慨叹与失落。且不管他。

喝过拦路酒，进得鼓楼来，鼓楼大歌演唱会就开始了。

隔着鼓楼厅堂中心的大火塘，两队男女隔火对唱，每队十来人，表情肃穆，曲调庄重、平稳，每一节的篇幅都比较长，尾声押韵。男声部浑厚、庄严，像低沉的嘶鸣，极富震撼力，而女声却委婉绵柔，像耐心的母亲在谆谆教诲。朋友说："是唱祖先的。"朋友还说："今晚有你们来，他们肯定拘谨，等下我们一走，他们就放开唱了，唱爱情唱婚姻，那才好听哩。有一首歌他们经常唱，有点意思，我翻译给大家听听：

'丢久不见你，叫我常相思，就是像岩鱼一样，留恋河中的岩石，当初分手的时候，留下许多缠绵，分成两半，各装在心里，我的那半仍鲜活，你的那半呢，是否还在？山上的树总会长绿，燕子离窝会有归期，有情的人快做鸟儿，一起做窝一起同在一片森林，别再让我久久思念你啊。

'若不唱歌青春好像流水过，人过三十好似绿叶变枯黄，人生一世多短暂，春秋已度心有余而力不足，岁月如梭你我各奔前程，此时相聚应永记心中。'"

我们都夸朋友翻译得"信、达、雅"，朋友很谦虚，客气地说："民歌是很难翻译的，翻译出来好像都失去了某些韵味，懂得侗语才能更好地享受大歌的美妙。"他吩咐邻座的侗妹照顾我们后，溜出门去了。

虽然听不懂唱什么，但我们还是坐了一个多小时。在座的有人坐不稳了，想溜，但看见在场的听众都一脸的虔诚与严肃，演唱者也丝丝入扣，便不好意思起立，弄出声响来。

这时，朋友进来了，他跟领唱者耳语几句，歌声便停下来。他说："大家休息一下，村长在隔壁请大家打油茶。"大家便鱼贯而出，有人悄悄出了一口长气。

油茶打到半途，我悄悄折回鼓楼，在檐下听着，演唱还在进行，不过已经没有客人在场了。

忽然，一声苍老而颤悠的呐喊，冲门而出，直叩心扉，令人肃然，紧接着，琵琶铮铮，似人喊马嘶，银瓶乍破铁骑突出，仿佛浪子裹挟一路风尘，大漠孤烟；复又空谷清音，花间莺语叮咚泉鸣，有如浣女撒落一地银铃，长河落日。忽然琴声骤停，那姑娘小伙原音的清唱缥缈而起，毫无雕饰，野气十足，清脆嘹亮，有如天籁，更如感召。循着歌声，我走进了湖泊、草地，走进了大山深处，听松涛、听瀑流、听鸟的振翅、听蝉的鸣唱。

回到南宁，上网搜索侗族大歌，果真浩如烟海。

也才知道，侗族大歌讲究押韵，曲调优美，歌词多采用比兴手法，意蕴深刻。1986年，九位侗族农村姑娘在法国巴黎夏乐宫剧院演唱侗族大歌，轰动了艺术之都，改变了国际上关于中国没有复调音乐的说法。音乐界惊叹这是中国音乐史上的重大发现。大歌价值的珍贵在于它揭示了古代侗族社会生活的面貌和保留了侗族古代诗歌体文学的基本特征。《门龙之歌》《娘美之歌》《肇兴歌》《父母歌》《三月歌》是侗族大歌的代表作。

音乐的最高境界是发于心，达于心。侗族大歌平和细腻，情感丰富，底蕴微妙，正如侗人的禀性：沉郁，像山一样高贵；欢乐，像水一样明亮。也许，这一切都来源于侗族的环境体验和淳朴的生存哲学。

唱歌，歌唱，站在生命的每个阶段，唱满记忆的来路，唱开未知的去向，微笑着，倾听生命，倾听自然。

（原载《侗情如歌》，广西民族出版社，2010年10月）

庞村的细节

一夜春雨后的清甜晨风,送我和一老者进了庞村。我们访古而来。

庞村如老者的脸,岁月的沧桑清晰地写着。几声突兀的狗吠,老者无动于衷,如庞村的老屋,见惯了风雨,习惯了变幻。

昨夜的雨水在雕花门槛外留着,在青砖石瓦上流着,流向远处的花园。花园是昔日的花园,现在园里种着菜,菜长得很旺盛,闪耀生命的绿色和律动。园边是几幢新建的水泥楼房,有炊烟在房顶低回。古老的庞村在炊烟中又开始了新的一天。

也许,1776年庞村奠基的那一天也是这样开始的。

当第一块奠基石在鞭炮声中沉稳地落定时,是否有人会想到,房子是有生命的,在落地生根之后,就像雨后春笋般蔓延生长,到晚清年间长成了规模庞大的岭南民居群。这个群里的房子共有30多幢,单幢建筑面积最大的约1500平方米，最小的也有四五百平方米，从一进三开间、二进四开间、三进四开间到三进七开间不等。所有的房子朝向统一，排列齐整，装饰豪华。

雨后的庞村是一幅硕大的水墨画，水晕墨章，淡浓疏离。石雕、木雕、泥塑、壁画是画中的细节，而画中有画，花草虫鱼、盘龙翔凤点染其中。砖墙的凝重与装饰的轻盈融于一体，意趣谐和，很有岭南派建筑的韵味。房内门门相通，有廊檐纵横，正中是天井，天井一隅凿有水井。想象中，一家老小耕读之余围坐天井四周，中央摆上茶几，几上有茶，袅袅升腾，或有刚从水井里捞上的井镇西瓜，青红分明。黄发垂髫，怡然自得，这样的日子，现在只能想象了。

房与房之间则是共墙连体相互勾连，墙头设挡火墙，墙角是青砖巷道。春水在青石砖上叮咚作响，婉转流连，不舍离去。高处的将军第和梁氏宗祠是村里保存最为完好的老屋，也是最有看头的。这两座房子的盖瓦分上下两层，上层用于挡雨，下层是漆成白色的"看瓦"，仅仅为好看而已。如此叠床架屋的装饰，在清代民居中极为罕见，具备考据价值。

将军第毕竟是将军第，军事风格处处凸显。门闩巧设机关，设计诡异，外人难以识破。宅院、天井布局大气，柱础、窗门厚重端庄。梁氏宗祠则气宇雄伟，讲究排场，中座四大柱，汉白玉墩，散发一股书卷气。

在庞村，我看到了古人对居所的追求：居天下之广居，立天下之正位，行天下之正道。在200多年之后，这些"广居"正被赋予新的文化价值，被越来越多的人所关注，所思索。

在这些庞大的建筑和精巧的细节后面，勤劳致富的忙碌背影不断闪现。据庞村梁氏族谱所载，庞村始建人梁标文幼失怙恃，长大后到石南帮一广东客商料理蓝靛生意，终因忠诚老实又勤勉能干深得老板信赖，在老板资助下独立经营染料蓝靛而发家。梁氏有七子九女，皆克勤克俭，在祖屋周边相继建造各自住所,如绵绵瓜迭,终成今日之模样。相对于古人,现代人步履匆匆,热闹浮躁,过于看重成功的光环,而忽视了争取成功的艰辛过程。好在,已经有人意识到了在匆忙中肯定遗落了什么,正在回过头来细细寻找。

有生命的东西都会老去。

庞村也老了。村里人都在村外或县城建起了楼房,纷纷从古屋中搬出。一些无人居住的古屋像迟暮美人,无力地张着空洞的嘴,在诉说着什么。

现在的庞村,已经成为别人的故事,一如它的过去,别人成为它的故事,成为它的谈资。

同行之老者双手抚着一堵孤立且斑驳的照壁,自言自语:几十年前,我家也是这般讲究,现在也是这样颓败了,哎,很多东西都会过去的。

老者很淡定,目光迷离,好像是叙述别人的故事。

我不知道老者说的是人还是事,也许都涵盖吧。

我仰头,雨丝缥缈。

雨,给庞村增添了几丝愁绪,也增添了几分清新。

总有一些东西会变成历史,消逝在人们的视野之外。

老者说,古人修深宅大院是为了回避成功所带来的焦虑,是寻找依靠和慰藉,摆脱内心的恐惧。

我想起自己的蜗居,那水泥丛林中的火柴盒子。

在庞村,我看到历史正在化为具体的某些细节,一座庄园正在变成思想的幼稚园。

三娘湾的夜

曾经在一个夏季仔细探访了三个号称"天下第一滩"的海湾,即北戴河、北海银滩和天涯海角。三个海湾虽各有千秋别具神韵,但异曲同工的是,处处可见人类的刀削斧刻,自诩巧夺天工,实则袭人故智,刻鹄类鹜,缺少了自然本色的纯朴之美。也许当初它们迥然不同鬼斧神工,只是人们改造世界征服世界的意识太强,梅以曲为美,箕风毕雨。在世界极地随处可见人类雪泥鸿爪的今天,水泥森林中的人们实在难觅天然清净的心灵居所。

好在有了一个三娘湾。

好在去了。

友人问:"国庆黄金周都有二十万人去了,你还不去?"不问还好,问了更不以为然:二十万人几天内蜂拥而至,那地方还成样子?再说了,国内外的"黄金海岸"到过不少,想必三娘湾也不过尔尔。盛情难却最终还是成行,权当"不在服务区",脱俗一回。反正出游就是这么一回事，不到是遗憾，到了就后悔。

穿过长长的甘蔗林，便是大海。夜空下一片白茫茫。车子在停车场停了下来。走出停车场，举目四望，便莫名地想起了日本作家川端康成《雪国》的开头语——穿过县界长长的隧道，便是雪国。

秋风暮霭中的三娘湾波涛阵阵，远处的渔火摇曳恍惚，给人一种冷寂的感觉，倒是清净，正合初衷。寻得居所稍作安顿即离群独处，只盼早早投入海湾当中，做一次深呼吸，扬清激浊，荡去滓秽，爽也，不复有抗尘走俗之状。

待到海鲜上桌，就着烈酒，看着渔民三三两两地驾船出海，方知黄昏的冷寂只是大幕开启前的静场，好戏在后头呢。

但好戏得自己寻觅，自己体会。

你可以闻声而去，去渔家看村民的自娱自乐，听乡土版的广东音乐。三娘湾村早已是"小康村"，文娱活动已有模有样。你还可以叫上一碟花生，一盘白灼虾。这里土产的花生粒大饱满，虾当然是三娘湾里的游水虾了。演出阵势虽没有丽江纳西古乐的排场奢华，但也是桴鼓相应急管繁弦，有板有眼一丝不苟。你要是能听懂当地的俚语，粤剧传统剧目的"三娘湾化"会使你捧腹大笑，个中意趣能令人击碎唾壶拍案叫绝。

你可以望船而去，只要你够胆。登上夜航作业的渔船，和船老大撒网收网，听吆喝，听船歌，听惊涛骇浪。黎明收工满载而归，看一船的劳动成果，做一次真正的赶海人，也是人生一得。

你可以微醺之后与两三知己漫步沙滩，或倾诉，或倾听，纾解心中块垒。倘若梦中红颜在侧，明眸皓齿，靡颜腻理，顾盼生辉，可亲可及，岂不令英雄气短长叹夫复何求。枕涛而眠，清风习习，思绪翩跹，蝴蝶飞来，嫦娥奔去，虽是凡身俗体，却已仙风道骨。一夜好觉。

你可以一人独处。在茂密的椤麻树下，在烧烤摊旁，点上几个炭烧生蚝，几听啤酒，自饮自酌。听东家毛举细故，收意外之获。月影婆娑，繁星闪烁，渔火影绰。什么都可以想，什么都可以不想，思绪诡衔窃辔。待酒兴阑珊，租一个帐篷，露营。或索性天当被地作床，抱树而眠，孤云野鹤，岂不快哉。

三娘湾的夜很短很短。天籁一曲，余音缭绕，听客早已如江州司马青衫湿。人间胜境，至臻至净，物象万千，境由心造，悟也通也。

（2013年）

秋日德天

清秋，第二次走进德天瀑布，我已不再惊诧于她的雄奇瑰丽，倒是惊奇自己怎么又来了呢？仲夏不是刚来过吗？要怪就怪那翩然而至的一纸飞鸿，渲染着德天清秋的苍翠与淡雅，似秋水伊人，嫣然回首，那不胜凉风的娇羞，岂容我等俗辈入定得了，于是往南、往南，在国土尽头，赴一个风月之约。

秋的瀑布，已经出落成仪态万方的淑女，不复有夏的青涩少年的莽撞张狂。几匹素娟，悬空垂落，忸怩娉婷，善气迎人。同行的红颜旅伴姹紫嫣红笑语莺莺，像或绿或翠的鸟，在水帘的里与外，在层林的上与下，快活地飞翔着。景因人而生动，人因景而升华。珠玉在侧，良辰美景，赏心乐事。

忍不住沿波讨源，逆流而上，看流水彷徨于分叉的歧路，汇聚于寥廓的原野，听万斛晶珠玎玎琮琮，随风吟唱潇洒而去。一旁老者喟叹，流水无常形，人性有常形乎？水绕山转，人绕啥转？由景而观人，由人而入景，情景交融，此时此地，恰如其分。但我还是暗忖，游山玩水找乐而已，何苦触景生情，去激活心灵的最柔软处？忘情于山水，在无人处疗伤养心，天性使然。背负心狱，羁绊不去，人的一生岂不黯淡无光？再看老者，满脸沟壑，枯目散淡，顿生同情。人生一世草木一秋，老者已是人世之秋，秋人观秋水，悲秋也。复想刚才见到路边的大字石刻"德天独厚"，方得释然，不觉莞尔。是啊，秋叶随流水，春秋多代序，天有道，人亦有道。

渐行渐远，沉思中已一改故辙，独自踯躅山中，意行偶到无人处，惊起山禽我亦惊。抬头看去，苍松翠竹间，经心不经心地点缀几幢青砖黛瓦，炊烟袅袅，偶尔传来几声狗叫，也是人间。人与自然的契合不过如此，彼此不分，相得益彰。若能沉得住气，暂时抛却了浮世的纷扰，结庐山中，我住一间，云住一间，云走了，我还在，甚好。

日头将尽，树影斜长时如倦鸟知返，归春河两岸渐渐消失于温柔暮色里。三只五只水鸟，排阵掠水飞去，消失在微茫烟波里。一切光景静美而略带忧郁，勾勒纸上仿如宋人画本。在刚收割的稻田上，寻到一个禾秆垛，懒懒慵慵地把自己摆进去，闻着很久没有闻着的稻香，看碧水清流牧童嬉戏。览胜之妙，存乎一心，耳目所得，丰俭由人。依稀中回望来路，仿佛找到了自己的根。

突闻机车隆隆，灰尘扑面，施工人员下班归来。心陡地一沉，暗自神伤，天远地偏至此，还是工地一片。

月光照槛，云树满窗，尘嚣归隐，凉生枕簟。与同伴坐看云起，卧听鸟鸣，一杯清茶，几句碎语，应对了杜甫老先生的"鸡虫得失无了时，注目寒江倚山阁"的格调。啁啾入梦，白白长练飘飘绵绵。

虽是秋天，却是一个完整的亮闪闪的日子。

梦幻梦娥

当篝火熊熊燃烧起来的时候,梦娥展开了另一种亲切。

白天的梦娥,在八角林的苍翠间,在鹩鸪的啁啾中,文静温婉如闺中碧玉,在廊檐下柔柔地绣着,绣着龙凤花草,绣着连理鸳鸯,偶尔抬头,张望远处的公路。

忽然,熟悉的唢呐声响起,空气里开始弥散喜庆。梦娥动了起来,一盅盅拦路酒摆在寨门前,一首首迎客歌欢快地唱了出来。

这样的日子,梦娥习以为常了。

噢,梦娥是一个地名,是一个寨子。

寨子里住着瑶族的一个支系——蓝靛瑶。

这是在凤山县。

在交通得到改观,在获得国家地质公园称号之后,梦娥作为凤山县精心打造的旅游精品资源悠然袅娜亮相在世人面前。它像一块埋在深山中的璞玉,在洗去层层面纱之后，靓丽地抖露身姿，吸引着越来越多关注的目光，越来越多游客来旅游观光。

其实，就旅游资源而言，凤山县本身就是一块硕大的璞玉。当面纱褪去，"岩溶之冠、洞穴之城""世界水上天坑""美丽的喀斯特岩溶之城""喀斯特世界岩溶地质公园"等美称接踵而至，凤山成为桂西北旅游区的核心地带。山水风光旅游、生态旅游、民族风情旅游、革命老区红色文化旅游相继成为凤山乃至河池市的旅游热点。

凤山的蓝靛瑶人口不多，主要聚居在梦娥等几个寨子里。瑶族是一个山居民族，因经济生活、风俗习惯、生活地域、服饰特点等各方面的差异，瑶族还有盘瑶、山子瑶等分支。这些分支名称的得来，有些是自称，有些是他称。蓝靛瑶因常年穿着用蓝靛印染的衣服而得名。蓝靛瑶的服饰很是醒目鲜艳，色调对比强烈，从蓝靛藏青色的前后襟到白色的衣领、头饰，再到大红的腰挂和头钗，冷暖色调交叉搭配，跳跃夸张，穿在小巧玲珑的瑶族妹子身上，很是抢眼。滚边、收口、裤脚和首饰都很细致，服饰上的图案往往代表着某些特定的含义和标识，比如未婚或已婚的标记，族别与姓氏的特定符号，等等，不是其中人难解其中味。由此，梦娥建起了蓝靛瑶民族服饰博物馆，展示意蕴深厚的服饰文化。

有蓝靛瑶的地方一定有八角树。五月的梦娥，青青的八角挂满枝头，玉米迎着风，摇摇曳曳爬上山头。寨门前的玉米酒散发出诱人的醇香，拦路的花带子当路横挂，热情的瑶家人摆好了迎客的阵势。设拦路酒唱迎客歌是侗族、苗族和瑶族等少数民族的传统习俗。对于第一次领略如此盛大场面的游客而言，喝酒是免不了的，这是充满感情的酒，这是拉近主客距离的见面礼。于我而言，因为职业的关系，常年在民族地区兜转，已经熟稔这一套程序，在俏丽瑶妹的注视下，痛快地干了三杯。转过身，把瑶妹拉到一边，问起了山歌的事。我知道，与壮族一样，蓝靛瑶也有对歌的习惯，用歌来交流感情增进友谊。令我惊奇的是，瑶妹是用壮话来唱山歌的：五月八角叶青青，青青八角绿五月；引来一群瑶妹子，手摘八角吹木叶。瑶族山歌比壮族山歌高亢急促，清越激昂，很有特点。晚饭时分，悄悄请教县文联主席，才知道，凤山的蓝靛瑶与壮族杂居，壮瑶兼通，跟客人讲壮话或者凤山官话桂柳话，在家里讲瑶话，而当地壮族、汉族也会说瑶话，民族之间和谐相处，交往密切。

白天的蓝靛瑶寨是恬静的，温情细细流淌，像涧水，像喃喃碎语的檐下小鸟。而当夜幕四合，当篝火燃起，瑶族人随即勃发出山居民族对火的虔诚与敬仰。火，在瑶族漫长的刀耕火种的历史中起着决定性的作用。有人说，瑶族是火的民族，是火的精灵，闻名全国的瑶族"舞火狗"充分诠释了瑶族人对火的理解和崇拜。

在篝火灯影中，在铜鼓雄浑的打击声中，在唢呐的向天长鸣中，庆丰收的"哉瑞舞"引领观众走进秋天的丰收时节：六名男青年身穿特制的大红长袍，手持铜铃，恣意舞动，动作跨度大，神情豪放，轻盈潇洒。县文联主席说，瑶族的舞蹈有几千年历史了，肢体语言丰富，生动再现瑶族人民在迁徙过程中的系列场景，歌颂丰收是瑶族民间艺术永恒的主题。

篝火晚会演员与观众的互动，把大家都引到篝火周围，围着篝火手搭手肩并肩，踏地为节，边歌边舞。敛肩、摆背、松膝、拧胯，灵动的、笨拙的、滑稽的身影映在墙上，绿影婆娑，如幻如梦。夜的梦娥，唱尽新词看不见，红霞影树鹧鸪鸣，如火般炽热，如火般亲切，散发着有别于白天的另一种美丽与魅力。

月色入户，缱绻话别，一路积水空明。在晚归的车里，想起多多的诗：你在黑夜中长睡，枕着我们的希望，给我们洗礼，让我们信仰。

西湾圆月夜

身为报社记者,像觅食的鸟父鸟母,四处找料,填满巢穴里嗷嗷待哺的小鸟。虽是奔波,却也得以领略别处的风光和他乡的月亮。

他乡的月亮,见了几个,长沙的,重庆的,香港的,都是在中秋月圆之夜。各有各的景致。

橘子洲头上空的月亮,因了湘江两岸灯火的辉煌,和喧嚣的车马,好似一颗柠檬,橘黄橘黄,边际朦胧,又似火宫殿的灯笼,弥漫一团俗世的油彩,可近可亲,温香袭人。想着,长沙打造娱乐之都,灵感应来自于湘江的明月倒影吧,陆离、魅惑,甚而妖冶。若要清净,看得清月亮和桂树,怕是要上岳麓山巅方可。

那晚在重庆,微醺之后被友人拉到南滨路,说是全城最佳赏月点。山城夜景,如银河坠落人间,早已名闻中外了。月亮虽然挂在天上,却不是今晚的主角,吃字当头,重庆本土最精髓的吃,或者说吃的最精髓，都集中在这条号称外滩的马路了，举手却不邀明月，对岸渝中区的妖娆倩影映入杯中，一个美女是一个月亮。想起嫦娥，抬头望天，雾却早来了。

维多利亚公园是香港最负盛名的赏月地。1997年，我独自游园。满园的九里香、含笑等香料植物，有与月亮里的桂树争芬芳的阵势。游人如织，射灯如柱，天上的银盘似乎要比长沙的大些。

有了这三地的浅薄阅历，长居南宁的我，在防城港文友面前吹嘘了一回。文友有心，去年中秋节，请我去了，说西湾的月亮肯定值得一看，兴许还能有更大的收获。

此行不虚，庆幸之至。

白天的西湾，我是熟悉的，跨海大桥连通之后，曾经几次驻足在"边陲明珠"前，每次都感叹：香港的维多利亚湾也不过如此。

西湾俨然已是港城亮丽的新名片了。

五公里长的观光亲水步道，与绿化带和防洪堤向远方伸延，像是要把人带入更有魅力的江山。江山可不是日常泛称的江河山岳，而是江山半岛。江山半岛上有一座将军岭。这两个地名真是绝配——将军镇守江山，江山永固。岭下是众多的景点：潭蓬古运河、白沙湾、白浪滩……这"美丽半岛、动力沙滩、运动天堂、休闲乐园"，须得晴日里亲身体验，在一身汗中更能领略天高云淡影波荡漾的神韵。

而月圆之夜，在西湾，在流光溢彩中，寻得心醉的沉静，抖落俗世的尘埃，则是赏月的风骨，可以把思绪扯得天长地远，肆意勾连。

今夜，这里的夜景很美，这里的灯光很亮。影影绰绰中，一轮满月施施然从海水中冒出来，圆圆满满，带着水的淋漓。赏月的人群弱弱惊呼，直怕害羞的月姑娘又回海里去，赶紧焚上香，开了柚子，开了月饼盒，把月姑娘留住。海风也知趣，往复轻拂，一湾的香——香的香、月饼的香、花草的香，还有呢喃温软的情话香。香，恰是温柔拍岸的海水，把一湾人的心，拍暖了。流岚也暖了，流岚中的跨海大桥就是鹊桥，度了情人，度了人生。

友人说："今夜，我不把西湾当作城市，也不把它当作乡村，我要把亲爱的西湾当作一首缱绻悱恻的情诗，献给不愿离我而去的月亮妹妹。"说得像是醉了，说得海水静了下来，听他倾诉对月亮的满腔的柔情蜜意。

（原载2013年2月《防城港日报》）

作客山中

畅游德天,尽兴而归。如倦鸟投林,到了"老木棉",已是暮色四合,夜岚流萤。

旅伴是几位文友,节假日在家待不住的那种,逮着机会就往外跑,逃离城市,躲避嘈杂,躲到人少树多的地方洗肺洗心或者发呆充愣。这样的地方现在是越来越少了,也鲜少有人再写出像《翡冷翠山居闲话》这样的佳作了。

作客山中的妙处,徐志摩说:你永不须踌躇你的服色与体态;你不妨摇曳着一头的蓬草,不妨纵容你满腮的苔藓;你爱穿什么就穿什么;扮一个牧童,扮一个渔翁,装一个农夫,装一个猎户;你再不必提心整理你的领结。

这正是我们追寻的随性与浪漫。只是,很难再学八十多年前的徐大浪漫诗人了,时代已经把我们裹挟上了飞奔的列车,困在车里,无计可施,无枝可栖。惶惑时一跃而起,跳离地板,想让自己慢下来,等灵魂跟上。可是，风从后面来，又被席卷而去。

好在有了"老木棉"，一隅远离凡尘喧嚣的去处，一处可以忘却一切甚至忘却自我的绝妙好地。此在山中，此在水间，此在山水之间也。

有书法家书李白《山中问答》于前厅：问余何意栖碧山，笑而不答心自闲；桃花流水窅然去，别有天地非人间。此诗于此，恰到好处。

好在来了，投宿于青山绿水间，终于有了胜似徐志摩的自得与享受。

挟风带雨的德天瀑布跌落在归春河里，流经这里变成了柔情款款的少女，把"老木棉"所在的半岛环抱起来。"老木棉"像是从地里长出的老木棉树，壮硕、稳重、厚实，让人想去依靠。他与芳邻木棉树相携而生，承袭雨露和花香，倾听虫鸣和水响。投入他的怀抱，如回到的家，没有一丝客居的唐突和恓惶。窗里窗外，光影柔曼，捎带白天的暖阳气息，和煦温馨。

宾馆餐厅的露天阳台，随意摆着几张原木茶几和几把稻草编成的椅子，显然是喝茶清谈者的小天地。随意中的有意，看出主人的怡心。意随境转，我们还了俗性，把自己当作乡野小子，随便扎进一堆随处堆放的稻草中，怎么舒坦怎么来，闻着草香，听虫儿鸣叫，等着月亮上来。

不知谁泡上了一壶绿茶，好茶。于此自得怡然，有了看茶叶绽开的怡情。茶叶一枚枚如簪似玉，修长挺直，水碧叶绿。小品一口，清香淡雅，沦肌浃髓，通透空明，夜色仿佛也多了几分晴朗。

私底寻思，只有如此场合和心境，方能品出茶的韵致与禅味。也需得心无旁骛，才不辜负茶的澡雪精神。

初念浅，转念深。座中诸位都是为了摆脱羁绊和束缚而来，收获短暂的自由与无拘，可以什么都不说，更可以什么都说，说了就说了，像浮云，像流水，只在乎瞬间的欢畅和解脱。

心应茶，茶静心。独品得神，对品得趣，众品得慧。谈到人生至要，诸友殊途同归：吃饱穿暖，家人平安，身体健康。唯此为大，无复有它。

此夜情景交融，有雪夜访戴之功，四望皎然，不再彷徨，山花顷刻间竞相绽开。

有人喟叹，喝茶就得来这样的地方。

待得晚餐上来，大家草草了之，吃得太多，似乎对不起刚才的清谈。过午不食是做不到，晚餐少吃倒是清爽，不用背着酒囊饭袋沉沉睡去，耽误了这美好珍稀的夜晚。

氤氲烟起夜未央。

座中有人弱弱地惊呼，月亮，月亮。

一轮满月从东山悄悄上来，圆圆满满，满席清辉。

月亮是乡村的图章，把乡村从城市中区别开来。一旁的诗人喃喃自语，城里人是没有月亮的人，夜晚只是黑暗的白天。

是啊，城里的月亮还算月亮吗，迷茫天空中的一丸灰白，暗淡于霓虹灯的妖艳陆离，埋没于名缰利锁的红尘，在丛林般的欲望楼宇间转瞬即逝。

月光如水，春风习习。淙淙水声，犹如"老木棉"与狮子山的绵绵情话。

徜徉木棉树下，看树影摇曳，听流水婉转，体味设计者用心营造的山水之居，自然之所，处处细节的浑然天成，叫人爽心悦目。

山居明月夜，灵魂得以放纵，在想象中来一次放浪形骸，体会竹林七贤的随性率真。

似乎是为这里的夜晚而来，流水也和我一般，等待这样一个夜晚的来临，在石桥下转了一圈，复又一圈，不肯流去。岸边竹影细语，远处蛙声清脆。

香？香！有香袭人而来。不知是随流水而来，还是伴着月光而来？

美的月夜，月夜的美，美在月夜。

万籁无声，夜深了。澄明的天空多了几丝碎云，在木棉树梢上飘浮，忽而将明月遮住，忽而托月而出。静谧的深夜，月亮像个大圆盘，触手可及，随手一弹，便能弹出铮铮的脆响，回荡幽谷。

在这样深邃的满月之夜，有这样的多情景致，人不由得变得脆弱而敏感。今夜，我的目光栖居在哪个枝头？

想象着醉倚知己邀明月，红袖添香夜读书。想着她，是否也如我一般凝眸夜空，明心见性。朦胧中，我的手，还是月的手，在无垠天幕画着她的一幅幅笑靥，一帧帧美丽的图画。

常常提醒自己回望来路，今夜尤甚。月光下翻检心事，拍遍栏杆，拾回失落的本真，等灵魂上来。古人今人若流水，共看明月皆如此。

于翠鸟的啁啾中早起，神清气爽。推开窗，几只小鸟唧唧惊飞，香气在阳台弥漫，晨雾轻绕。已有早起的同行端着相机，在苍松翠竹间找灵感去了。远处的青黛的狮子山和狮子山下的白墙青瓦，几棵伟岸的木棉树和树梢上的几朵红花，错落有致，在取景框中定格，成为至纯至真的电脑桌面，清朗俊逸。

漫步在晨曦中的葱绿河谷，看绿岛行云，听叮咚水响，闻花草芳香，哪里还舍得离去？

悠然心会，妙处难与君说。

围屋的乡愁

到贺州市八步区莲塘镇仁冲村村口，便望见素享"江南紫禁城"的江氏围屋的围墙，如长龙蜿蜒，忠实守护着墙内的深宅大院。步入围屋，恢宏气势扑面而来。相比于南方多见的精致小巧的廊桥别院和亭台楼阁，江氏围屋更具北方富丽堂皇的深宅大院和城府宫殿建筑的风格，这在江南建筑中是不可多得的亮眼的一笔，它在规模上继承了坞堡和大宅规模宏大、结构严整、防御力完备的建筑特点，呈现出包罗万象、有容乃大的气魄。

这座江氏围屋，与福建客家土楼齐名，并称为中国客家传统民居的代表，是目前中国保存最完整、规模最大、历史最悠久的客家古建筑之一。追根溯源，客家的祖先在两晋至唐宋时期因战乱饥荒等原因由中原被迫南迁，经历五次大迁移，先后流落南方。当地官员为这些移民登记户籍时，立为"客籍"，称为"客户""客家"。因平地已有人居住，客家人被迫迁往山区或丘陵地带，故素有"逢山必有客，无客不住山"之说。那么，能在平展开阔之地画上这么大手的一笔，该是怎样的叱咤人物呢？

他是江氏先祖江海清。江海清能吃苦有主意，还做农夫时就与族人商议后定下规矩：今后族中子弟凡读书者，膳食一律由"公家"承担，以励志进取。同时，鼓励成年的兄弟们外出求发展、谋功名。外出者家中妇孺老人的生计，也由"公家"承担。立下规矩后，自己身体力行，到贵州另谋生路，后来投身"授贵州巡抚、署云贵总督"的西林籍"广西同乡"岑毓英。清光绪十一年（1885年），江海清在镇南关战役中战功显赫，晋升为三品朝官，出任云南省盐检道台，受赏白银一百万两和"万宝来朝"牌匾一块。他将白银带回贺州祖屋，礼聘六班湖南、广东师傅，采用抬梁式与穿斗式相结合的技艺，历时八年建成了这座宏大的江氏围屋。"万宝来朝"牌匾至今仍高悬在围屋内。

围屋之大，以亩计。三十多亩的占地，分南北两座，相距三百米，呈掎角之势。南座三横六纵，有天井十六处、厅堂八个、厢房九十四间；北座四横六纵，有天井十八处、厅堂九个、厢房九十九间。屋中门楼、屋檐、屏风、神龛、家具均为精工雕刻而成，十二生肖、鹿、鹤、龙、凤、麒麟等各类祥瑞百兽花锦图案雕刻精致细腻，富丽堂皇。围屋四周筑有一道三米高的围墙，将围屋与外界隔开，内部屋宇、厅堂、房井布局错落有致，上下联通，迂回曲折。

江氏祖先对围屋的精心营造，还远不止体量的庞大工整，更在于细节的考究细致。比如，在走廊拐弯处设置了七十二只枪眼，特制了让盗贼进得来出不去的门闩，在屋后挖掘了从不干涸的水井，排污的暗渠无须修整却排水通畅，等等。总之，整座围屋不但内部构造令人无法破解，生人入内如入迷宫，而且屋内各个细节的设置，也令人叹为观止。一物一件，饱含着生活的情趣和智慧，更饱含着对族人子孙的关爱和庇护。

  整座门楼最引人注目、文化内涵最丰富之处要数大门上所书"淮阳第"三字，左右为"淮阳源远，世代流芳"的楹联，体现了客家人迁地不忘本的性格和家族内部超强的凝聚力。尽管现代文明正不知不觉地改变着江氏族人的生活方式，但他们对客家人重血缘亲情的祖训依旧保留在心上。按江家门规，每年的农历八月初十为家族团聚日，每年的这个时候，举凡江氏后人无论男女老少都自觉地从各地赶回来聚会，举行盆菜宴，海内外逾千族人相聚一堂同吃同乐，场面十分壮观。这一传统传承至今已有二百年历史，客家围屋同时亦成为海内外客家后人寻根的精神家园，成为客家人最美的乡愁，浓浓的，锁在心头，挥不走，化不去。

  年月更迭，光阴荏苒，当年三百余人同住一屋的盛景不再，不少江氏族人逐渐走出围屋，散居于美国、加拿大和东南亚国家。今天仍有十户人家居住在围屋内，沉淀下来的故事并没有消失，在继续演绎着、传承着，生活气息依旧盎然，山峦依旧叠翠，小桥依旧流水。

  建筑是历史的凝固，每一座深宅大院都是一本厚重的历史书卷。行走在围屋内外，想着江氏先祖的赫赫战功，想着南国边关的峥嵘岁月，让心底深处感受历史力量的冲击，触动一些柔软的敏感。看如今，围屋前后，稻浪翻滚，歌舞升平，有谁会回望来路，想起高适、岑参、王昌龄等的边塞诗呢？"向晚横吹悲""四起愁边声""禽兽悲不去""长鸣力已殚"。那种粗粝，那种苍茫，是今天精细生活的基石啊！

（原载2021年9月1日《广西日报》）

大沐大美

村叫大沐村，离德保县城不远，四五公里，倚在西山脚下，像一枚丰满结实的果子，倚傍着宽厚硕大的绿叶。

我们到时，露珠还挂在草尖上，村已经醒了。有机器响着，是搅拌机在拌水泥，有村人在起新房。田间已有农人在劳作，从河边担上水，给菜地浇水。河面上，几群白鸭悠闲地浮着，要不是偶尔传出的一两声"嘎嘎"，你会以为那是倒映在河面上的几朵白云。秋收过后的水田，已被村人翻犁过了，耙成畦，又变作了旱地，种上油菜和卷心菜。到来年春天，这里就会变成颜色的海洋，黄绿相间，彩蝶翻飞。

鉴河逶迤而来，流过千山万壑，来到这里被西山张臂挽留。西山是那唱着拦路歌的壮家小伙，深情款款，留下了远道而来的水姑娘。而水姑娘也款款柔情，在这里化为一泓秋水，恰似姑娘油汪汪亮闪闪的眼，晶莹纯净，顾盼生辉。这一泓清水，便也是大沐村的眼。

村的眼，活了这里的美景。

这只眼，被人们称为"德保小西湖"。其实"小西湖"不是湖，而是鉴河的一个河段，位于鉴河的上游，大概因其河面宽阔碧水缓流，才会被称为"湖"。那清澈可鉴的河水，仿佛把蓝天都融了进去，让人心生无穷遐想和向往；河岸边古树苍翠，四周奇山环抱，山水相映，如梦如画。更令人诧异的是，走着走着，你会惊异地发现，水面上竟然冷不丁长出一棵两棵三棵树，犹如绿色天鹅绒上绣着的风景。这样玲珑秀美的景致，你还在哪里见过吗？

要不是河边洗衣姑娘脆生生的笑闹声，要不是村里还隐约听到的搅拌机的响声，谁还能怀疑自己不是行走在绝美的梦境中？

任何形容江南田园风光的词语，在这里都能用得上，山水画中典型的小桥流水人家，在这里到处都可以找到真实的场景。目光所及，定格，就是一幅传统的山水画，标上秋山晨岚或秀水灵源之类的画题，恰到好处。

横跨河面的那座老桥已经很古老了，桥面的青石板上，留下了历史和岁月的斑驳痕迹。据说是古代百粤古道的必经之桥，现在还在用着。牛也从桥上过，似乎已经习惯了面对镜头，走走停停，摆着很牛的谱。

水中随处可见大大小小的沙洲，沙洲上樟树在肆意地长着，长得很好。树干上的薜苔很有年头了，看得出没有人来叨扰它们，它们自自然然地活着，活成了风景。同来的女诗人，被这里人间仙境般的景致弄得一惊一乍的，一路尖叫。这会儿，安静下来了，陶醉地靠在古樟树上。她说，她是靠在老祖父的胸前，倾听祖父厚实均匀的呼吸，她那颗萧疏感伤的心，终于踏实地感受到依靠。

诗人成了风景中的一景。

上海来的作家说，这里一定可以治愈抑郁症和城市病。他给自己也算是大家开了方子：带上《闲情偶寄》或者《浮生六记》，抛开一切纷扰，到这里小住几日。每天画中徜徉，树下翻翻闲书，桥上看看日落，心归宁静情归自然，或许可以获得某些达观和超脱。或者，几个好友结伴，带着帐篷提着美酒，到河边宿营。在水汽烟岚中看落日飞霞，卸下平日里的伪装，在篝火旁推杯换盏，或许能找回那份葬送在争名夺利里的温情蜜意。静谧的深夜，枕着月光，倾听自己舒缓的心跳，那一刻，心一定如深流里的鱼儿，自由、自在。

一种极致的美丽，常常能令人忘掉别人，超脱自我，回归本性。一个能让人超脱给人自由的地方，必定是个世外桃源。其实，大沐就是，小西湖就是。

其实，有过农村经历的人，更能深切感受这条河的美丽。她的美丽，不仅仅在于景色，更在于她养育了一个村庄，养育了一片田园。鉴河不但是大沐景点的生命之脉，更是沿岸农人的生命之脉。当你看到引水的沟渠是如此的光滑平整，你就会明白这里的农人是如何细心呵护这条生命之河。在纯天然的外表下，其实饱含了他们对生活的良苦经营。

大沐的美不仅仅是一条河，她的美囊括了一切的自然景色，更少不了生活在这里的人。

生活在这里的壮族人恬淡安详，他们把庭院收拾得干干净净，村旁的樟树下也收拾得干净井然，看不到枯枝败叶。路边立有几个水龙头，村里人说是方便来露营的人使用，不收钱的。

民风和环境相得益彰。人在画中，与画相伴，相互熏染，人就会像画一样空明纯粹。我们是来看风景的，看出诗来是一层境界，看出心来又是另一层境界。鉴河如此清澈，西山亦如此清秀。山水的层峦阵列疏落间错是自然的造化，而群峰竞秀绿水荡漾，则是人对山对水的理解和阐述。

在村中游走，水泥路面是鹅卵石装饰的花鸟虫鱼图案。随意走进一户人家，主人大方地掀开锅盖，说："一大锅玉米粥，大家随便吃啊。"

诗人问："你们觉得这里美吗？"

主人说："那当然了，有你们来，这里更美。"

作家颔首称是，朗声笑说："我们来看风景，风景中的人说美，那美才是真的美，如果不以为然，那风景肯定有残缺之处。"情景相融才是观景之道。看景如读画，而画无可读，读其诗也。在大沐这幅写意的山水画里，观画人自当寻得诗意、诗趣、诗境，方才不枉此行。

（原载2010年第12期《红豆》）

生活意趣

雅俗共赏话桂花

孩提时代看电影，常有不解。如看完《阿诗玛》，里面的插曲也朗朗上口了，就是不晓得"热布巴拉"是什么意思。问老师，老师说："等一下解释给你听。"哈哈，等了十下都没等到下文，估计老师也"蒙查查"。看《渡江侦察记》，听得那位穿碎花罩衫的阿姨叫卖"香烟洋火嘞桂花糖"，也有点迷惑：怪了，长江那块也有桂花糖啊？后来到南宁读书，满学校的桂树，才晓得世界恁大，不单是我那个小圩镇才有桂花哩。

仲秋，桂花开时，学校的教授也像我们乡下人，在树下铺上塑料布，等接落花，然后晾干，留作家用。年轻女教师喜欢把桂花插在瓶子里，摆在讲台上；男教师则喜欢在房门锁扣上插几枝桂花，张扬某些美丽的情感。听同窗说，院子里如种有桂花，最好再栽上几株翠竹，这样对院子的主人蕴涵有"主贵"的寓意。

桂花花小无妍，米粒大小的四小瓣，像肉肉嫩嫩的小手叉开，但却是成堆成堆地挤在一起，一簇一簇地簇拥着，缀满树的枝头，颇有气势，不可忽略。远远望去，成片成片的花芯衬上绿叶，就像飘浮在空中的蓝黄相间的彩云。桂花的香高雅恬静，沁人肺腑，是其他花类无法比肩的，在萧索悲秋中以馨香拂动沉寂，让人有期待万物复苏的信心。古诗云："月中有丹桂，自古发天香。"人们将桂花的清馨比作"天香"，普通花草芳香又怎能望其项背？

赏花读词，赏心乐事。李商隐有诗："昨夜西池凉露满，桂花吹断月中香。"朱熹再诗："亭亭岩下桂，岁晚独芬芳。叶密千层绿，花开万点黄。"吴潜词《满江红·九日效行》："数本菊，香能劲；数朵桂，香尤胜。"李纲词《丑奴儿·木犀》："幽芳不为春光发，直待秋风，直待秋风。香比余花分外浓。步摇金翠人如玉，吹动珑璁，吹动珑璁。恰似瑶台月下逢。"近代作家郁达夫的小说《迟桂花》，以迟开的桂花象征迟到的爱情，更是让人为之陶醉。浓郁的桂花香气和浓厚的爱情气息相互交融，洋溢着精神的浪漫主义，令人百读不厌。以桂花入诗填词，自古已然，蔚为大观。

民间传说中凡间是没有桂花的，是月宫里的吴刚为了报答一个叫仙娘的寡妇两次救他的善举，才给仙娘桂花种子，让她在人间遍植桂花，酿造桂花酒，从此人间才有了桂花。

因为桂花的高贵，古人有了"蟾宫折桂"一词，指代科举应试高中，既形容考取功名像月宫折桂，路途迢迢备尝艰辛，又形容一举成名，像桂花香闻天下。有训道：要想人前显贵，必在人后受罪。说得极是。

桂花因此而象征着崇高、圣洁和吉祥，被列为我国十大名花之一。桂花的别称很多，因其叶脉形如圭而称"圭"；因其材质细密，纹理如犀而称"木犀"；因其长于岩石间而称"岩桂"；因开花时芬芳扑鼻，香飘数里，又叫"七里香""九里香"。

  我识桂花则自口腹始，过年家里要做桂花糖、桂花年糕和桂花元宵饼。老父常年泡制桂花酒，寒夜客来，温上一杯，暖意融融，母亲则从用蜡密封的茶罐，拈出十来颗桂花茶，泡上一壶热热的"桂花茶"，宾主茶酒同行，一屋温馨。及至长大游走江湖，得以品尝桂花酿、桂花酥糖、桂花鸭等桂花制品。印象深刻的有桂林的桂花茶、北京的桂花酒、南京的桂花鸭和台湾的桂花酱。去年在广州吃的一道"桂花蝉香"，蝉的脚、翼去掉，蝉躯玲珑剔透，放入口中一吮一吸，颊齿留香，回味至今。

  桂花辛温、无毒，有化痰、止咳、生津、散瘀、止痛等功效。《本草纲目》记载：桂能治百病，养精神，和颜色，为诸药先聘通使。久服轻身不老，面生光华，媚好常如童子。桂枝、桂籽、桂根皆可入药。

  今秋的桂花已采尽了，桂花酒和桂花茶已酿造好了，等待春天，等待播种，等待一个个喝酒的日子，等待桂花香再次弥漫，把又一个秋天填满。

（原载2005年12月《广西日报》）

食指马山

直到"马山清水羊肉店"开到住家对面,直到朋友们频频在这家店请我,或者,撺掇我在这家店请他们,我才恍然意识到,原来我司空见惯的东西,几乎天天都吃的食物,对于南宁的朋友来说,竟然是美食。我是身在福中不知福啊。

店里菜式不多,主打马山特产,清水炖羊肉、黄豆炖羊骨、白切羊肉、羊扣、白切鸡、炒鱼片、炒藕粉,主食是玉米粥和羊肉饺子,酒水是马山米酒。偶尔有白切西洋鸭,店里就通知我——店家知道我好这口。通常情况下我都引朋唤友呼啸而去,趔趄而归。有饕餮之辈,脚底拌蒜了还不忘打包两斤羊肉,更不会忘记羊肉的蘸料,第二天纠集同好,重整江山待食友,其乐陶陶。

马山是我的家乡,离南宁不远,走高速公路一个小时左右就到。在马山的朋友经常到饭店落座后才叫我回去,等我赶到,锅里的羊肉刚刚炖好,满屋生香。酒足饭饱，朋友们都会给我打包一袋羊肉——连肉带汤，当然还有一小包蘸料——回南宁。马山羊肉配马山蘸料，才是正宗的马山吃法。有时，我只带走那包蘸料。家里是常备马山羊肉的，而那个蘸料，在南宁配不齐。

马山羊肉的质量不消多说，人家可是注册了商标，获得了生产基地等称号的，在南宁打着马山羊肉招牌的店铺随处可见。每每假日，桂A的车子，包括小车、摩托车，甚至运动自行车，挤出南宁涌到马山，也是奔羊肉而去。县里有信心举办美食节，凭的就是羊肉这块金字招牌。

羊肉味重，需要杀膻。蘸料中除了生姜大蒜之外，必不可少的是椿芽。椿芽的香气不是寻常草木的清香，而是香得很奇异，奇异得让人心里明白却说不出。菜肴中的形形色色、滋味种种，似皆可描可绘，独那异香，却似无可方物，不可名状。只有吃过，"啧啧"两声已是最高称赞。记得幼时，家中杀羊宰狗，小孩子们的唯一任务就是找椿芽，哪怕路再远山再高，无论如何都要找回几片椿芽。实在没有椿芽，椿叶也要摘回几片。在我国，椿芽入菜的历史很悠久了。"溪童相对采椿芽，指似阳坡说种瓜"，这是金代元好问的诗句。椿树多长寿，木质坚硬，古诗文中常用"椿"喻指父亲，有"椿庭、椿年、椿龄、椿寿"之说。在有椿芽的酒席上，借菜说话，奉承人家"椿萱并茂"，别人是很受用的。倘若你还能吟出《庄子》的"上古有大椿者，以八千岁为春，八千岁为秋"，席中方家当对你高看一眼。

在马山，没有椿芽椿叶是不杀羊宰狗的。入席后，老人尝尝面前的味碟，如果少了椿芽，大都感叹：这条羊白死了。于我而言，也是如此。家人来邕，或有人出差马山，我常交代：带点儿椿芽来。

椿芽是时菜，春天才有。南宁的马山羊肉店一般是不送椿芽蘸料的。嘴刁的食客多问几声，老板才拿出来。倒不是老板小气，而是有些客人受不了椿芽的异香。

不吃羊肉的人进到马山羊肉店，也是有好吃之物可以大快朵颐的，马山里当土鸡就值得推荐。马山东部峰峦连绵，沟谷纵横，海拔多在200~800米之间，年平均气温为20.7℃，四季变化明显，昼夜温差5℃左右；草木四季葱茏，空气清新，环境幽静。在这样环境中生长的土鸡，食物以玉米、高粱为主，辅以红薯、豆类、花生、火麻和蔬菜，自然全天然全绿色。在马山东部几个乡中只有里当乡的土鸡被列为广西名优地方鸡种，原因在于它的饲养方法与众不同。小鸡孵出后，用花生油炒玉米头加适量韭菜喂鸡，日喂三餐。鸡喝的水，是用金银花、板蓝根、田基黄、飞扬草、鱼腥草、虎杖等草药煎成的，既解渴又防病。小鸡长到0.5公斤左右即放养，任由鸡群自在觅食草籽蚯蚓。当鸡长到1公斤左右即开始催肥，用玉米粉拌红薯或南瓜煮成干饭，拌上适量的炒黄豆粉、炒竹豆粉或炒火麻粉，早晚各喂一次，半个月后成鸡出笼，毛色金黄油亮。煮熟后的鸡表皮纯黄而不沾水滴，皮下一层薄薄的黄色脂肪欲渗皮外，晶莹透亮。会吃之徒是从鸡尾吃起，那层薄薄的脂肪啊，那是一个香，那是一个脆。

即使不吃羊不吃鸡，也还有东西可以让你领略马山饮食的精妙，那就是炒鱼片。马山炒鱼片与横县鱼生的区别在于，一个是半熟一个是全生。做法也挺简单：先备好姜丝、葱白、土芫荽丝、假蒟丝、芝麻、花生等佐料，将鱼肉挑刺切片，加入料酒、盐，拌匀。将干净铁锅用武火烘热，放入花生油，用锅铲将花生油沿锅四周不断浇淋，直至锅内冒出白烟后，关火，继续将锅内花生油沿锅四周浇淋，感觉油温稍降即将切好的鱼片及佐料一起倒入锅内拌匀，利用铁锅的余温将鱼片烹成稍卷即可装盘。这样烹制的鱼片透明嫩滑，色泽鲜艳，脆而不烂，油而不腻。这道菜好坏关键在于鱼的肉质。马山炒鱼片一般都选用江河生猛之成年鱼，不粘锅，不渗水，既韧脆，又爽口。

荤荤素素七八碟后下席，最好有一杯马山野生金银花茶收口，既压胃助消又祛味清嘴，一身通泰。

素食者在马山也能找到吃的乐趣，芥菜火麻汤、芥菜炒黑豆、素炒藕粉、家酿豆腐、椿芽拌豆芽，这些素食都是不错的选择。

写到这里，几丝甜甜的乡情从心底漫上舌尖，满口生津。马山，我的家乡，你的形象也越发丰满亲切起来。请到我的家乡去吧，大家都去吧，作一次美食之旅，多一份人生记忆，多一份亲切怀想。

（原载2007年12月6日《广西日报》）

百草汤

吃得就是福。对于吃得下百草汤的人来说,侗家百草汤臭的极致就是香,或者,香的极致就是臭了。

天下没有相同的鼻子,有追香一族,就有啖之有味。比如臭豆腐,有人情有独钟,三日不可无此君;有人绕道而行,避之唯恐不及。百草汤比臭豆腐有过之而无不及,怎么形容都不为过,如奇臭无比啦,一碗汤臭了一条街啦。但嗜好者却誉之为"侗族美味之王""天下第一美味",真是此物只应天上有,人间哪得几回闻。

百草汤确实难得,只有杀牛时才能得到。百草不是牛肉,而是牛小肠内未消化的内容物,只有那么一小部分。一碗传统的正宗侗家百草汤来之不易,很有讲究。

杀牛前半天,要给牛喂些牛爱吃的中草药,如首乌、葛根、土人参、绿豆、柴胡、党参、当归、金荞麦等,或新鲜的嫩草。杀牛后迅速取出牛小肠,挤出小肠内的草汁,放入锅中加水煮沸30分钟左右,取出,反复过滤去渣,再兑上一点儿牛胆汁,百草汤第一道工序就这样完成了。这时的百草汤还不能入口，因为太苦太腥，还有一股难闻的异味。

第二道工序是将适量的新鲜牛肉切成丝，切肉的砧板最好是樟木的，这样炒熟的牛肉有樟木的香味。牛肉拌辣椒和生姜片加油盐入锅爆炒，炒熟后将百草汤倒入，撒上石菖蒲、土人参、藿香、川芎、花椒、生姜、大蒜、橘皮、香芹等，稍煮片刻，一道正宗的侗家百草汤就新鲜出炉了，带着一丝腥膻的热气便氤氲整个房间。有的人嫌牛胆汁不够苦，还要加入苦瓜增加苦味。这道清凉可口的靓汤在饭前享用，可令味蕾大开，食欲大增。

侗族民间有句俗话：鸡吃百虫药在脑，牛吃百草药在囊。这个"囊"指的就是牛的小肠，也有的叫粉肠。侗家人常说：牛吃百草，百草入药，人吃了百草汤，可防病治病。如果杀牛而不做百草汤，就会有人说：这头牛白死了。

拒绝百草汤的食客大多是因为原料的来路"脏"和味道的腥苦，而好这一口的人都经历了从拒绝到接受，乃至上瘾的过程。珍爱者形容百草汤吃起来是苦尽甘来，齿颊留香，回味无穷。其实，牛肠里的中草药经过牛的胃液"加工"，对人体大有裨益，胃液起到了药引的作用。土人参能健脾润肺、止咳，首乌有养血、祛风、解毒之功效，当归可以补血活血、润肠通便，石菖蒲有化湿开胃、醒神益智之作用，金荞麦能清热解毒、清肺消肿、祛风化湿，柴胡可解表退热、疏肝升阳，党参补中益气、健脾益肺，绿豆清热解毒、消暑，川芎则可活血行气、祛风止痛。现在，百草汤登堂入室，在贵阳、柳州、南宁等城市都有了立足之地，说不定哪天会像川菜一样火起来呢。

百草汤的味道充满原始山地的粗犷味，品尝者需要一点点探路者的勇气，敢于尝试，也许会柳暗花明，找到一个"桃花源"。

（原载2013年12月《南方国土资源》）

节日是生活的浪花

空气中开始有了大把大把的花香,"三月三"就要到来。

从河谷里涌上的花香漫过新绿的山坳,吹动村口的大榕树,涌进干栏,撩拨壮家少年的青葱岁月。他们聚集在某个好客的人家里,喝着米酒,谈论着要带到歌圩去给"她"的见面礼。沉寂了一个冬天的村寨在笑声中醒了过来。

能够参与这样的谈论,标志着少年已经成人,可以加入到赶歌圩的队伍里,带着精心准备的礼物,走村串寨撩逗妹仔对唱山歌。这样的谈论,16岁那年的"三月三"我参与了一次,是第一次,也是最后一次。那一晚的歌圩,我是囫囵吞枣,懵懵懂懂,只记得木棉树下,电筒光中,一双如星光闪烁的明眸,羞涩如同青柠檬。随后在9月,我到南宁读书,留在南宁至今,再也没有机会回到家乡去赶歌圩。但每年的"三月三",都会不由得想起那一场谈论，那一晚歌圩，都会在心里过着自己的节日。于今想来，我的青春是被青柠檬开启的，一路走来，歌声相伴。

在广西民族学院（现广西民族大学）的四年，春季学期开学后的第一个盼望，就是盼着"三月三"的到来。这天，学校发加菜票，我们的脸，灿烂如手里捧着的五色糯米饭和红蛋。当夜是狂欢节，相思湖畔人影幢幢，风送竹香。那年月，中文系的学生常常组成记者小分队到南宁市区，采访聚集到南宁比赛对歌的各地山歌队。记得我的第一次采访，是1984年"三月三"在人民公园白龙桥头采访马山县三声部民歌队，还记得他们演唱的一首歌叫《生活美如霞》，如山涧婉曲的旋律至今仍常常缭绕在我的梦里。那天的晚霞，美到了极致，比晚霞更美的，是第一次见到的璀璨焰火。同行的校园诗人当场抒情道：啊，节日是生活的浪花，掀起一道道闪亮的涟漪，这一道道涟漪，点亮了我们的青春。

那一晚，我知道了南宁有着比家乡更大更热闹的歌圩。从那一刻起，南宁便成了我奋斗的动力和目标——我要留在这歌海如潮的地方。歌圩情结已在我的心里牢牢扎根。留在南宁工作几年后，这种情结终于在我的第一本书《歌圩》里得以释放和解脱，我以此感谢我的故乡，我的民族，感怀那份青柠檬般的羞涩。

后来，因在报社担任记者而走遍广西，方知晓"三月三"是南方诸多民族的传统节日。节日这一天，大家停止劳作，梳妆打扮盛装过节，走村串寨，请客会友。男女青年则相邀聚集，在一个传统的场所唱传统的情歌，以歌会友，以歌传情，沿袭着千百年来的恋爱习俗。

这么多年来，俗务缠身，难得有机会回老家过"三月三"。今年放假两天，那就说定了，回老家去，去那年去过的歌圩。想必那棵木棉树早已褪去幼时的青刺，顶天立地，沉稳如山，倚靠上去，可以听到大地的心跳。但愿,那些木棉花依然如我16岁花季般灿烂动人,树下的歌声依旧那样辽远,撩人心旌。

(原载2014年4月1日《广西日报》)

风情这一回事

如果你相信带着露珠的荷叶上能躺着一个拇指姑娘,那你就可以相信爱情是真有的,风情也是如此一回事,只要你相信别人的生活在你看来是别有风味的。当然,这只是一个看法,各有各的不同。你站在桥上看风景,看风景的人在楼上看你。谁是谁的风景?

就像我,从小就生活在歌圩中,逢年过节就赶圩对歌。这是南宁以北的武鸣、马山、上林一带的壮族聚居地寻常的事情。这是生活本质的一部分。我们去赶歌圩,去就去了,没有人会问这是哪个民族的歌圩,这个歌圩有什么特点?酸不酸啊?如果我是站在桥上看风景的人,被别人看成是风景,与我无关,也无碍,但如果我是那个在对歌的人,我多半不情愿被一帮游手好闲的观光客看。我们以歌传情,我们以歌会友。就像谈恋爱,谁喜欢旁边有人啊?

关于壮族的方方面面,书中网上汗牛充栋,如箧梳理，难有遗漏。我把我要写的关键词先"百度"了一遍，噢，还没有人写到，于是斗胆写下，把"本质生活"变成"现象生活"，看官姑妄看之，姑妄信之，也不妨觅个机会，亲身前往，也许会有意外惊喜。倘若你不会当地的壮话，最好劳驾翻译，才能领略个中三昧。

这个地方叫府城，都南高速公路有出口，离南宁有半个小时的车程。且不说它的地理环境——"四野宽衍，皆膏腴之田，而后山起伏蜿蜒，敷为平原，环抱涵蓄，两水夹绕后山而出""四面山势重迭，盘回皆轩豁秀丽"，也不说它的生榨米粉是多么的爽滑可口，只说它大年初二的歌圩。

按照老习惯，大年初一是不能杀生和吃荤的，但现在变通了，鸡鸭是在年三十杀好的，年初一照吃，有些人家还坚守着不吃。若你是上门客，入乡随俗最好。年初二是过年的高潮。鸡叫头遍，家家户户就忙开了，弄吃的。到早上八九点光景，人人酒足饭饱，男女青年就打扮出门赶歌圩了。

歌圩其实不是圩，不是圩镇的圩，没有人卖东西。圩是一片开阔地，在几个村庄的交界处，离村庄最好远点儿，免得唱歌被村里人听见。都唱情歌的，老人小孩听见，不好意思。赶圩的男女青年以村屯为独立单位进行对歌。本村屯的男女青年又是要分开的，分别对付其他村屯的，并且同村屯的男女是隔开蛮远的，就是既要看得到又要听不见。为什么呢？因为对歌的歌都是以情歌为主的，妹妹总不能当着哥哥的面对别的男人唱情歌吧，哥哥也是，撩妹仔怎么说也是要避开妹妹的。要不有些歌是不好唱出口的。这样同村屯的男女青年的对歌地点要合理间隔，但又要看得见的原因是，本村男青年要照顾本村的女青年，因为青年人好斗。有的男青年酒后对歌容易激动，见到漂亮妹仔就穷追猛打，恨不得当场定情带回家。妹仔都是拒绝的多。这样，你情我不愿的事情就容易引起争闹，闹就要打架，架一打起来本村的男青年就有捍卫本村女青年尊严的义务和责任，所以本村女青年要在本村男青年的视野之内，互相有个照应。现在是没有带刀赶歌圩的了，过去好像有，估计就是这个原因。不是有过抢婚时代吗？抢人家的闺女人家能轻易答应？说远了。

歌是对了，很少有当场定情的。彼此有好感的就会约定下个对歌时间，一般是农历二月初二，这天是节日。节日名称好像没有。我们就是节日多，三月三也是节，四月四也是节，五月五也是节，六月六也还是节。似乎有规律，日子和月子相逢就是节日。约会是有信物的，一片树叶、一颗石子，随手就来，男的主动，女的接受了就会风雨无阻地准时出现在约定的地点。当然，这个约定过程都是要对歌的。女的歌才不好犹可原谅，男的歌才"差火"是很难约到人的。在我看来，这些当众约人约会的歌是我们山歌的精华，也是最难翻译成汉语的。唱歌者既要当众展示自己的歌才歌艺，又要表达自己的爱慕之情，自我介绍与恭维对方相结合，这是很难把握火候的。况且多数时候是要用山歌问出对方的姓氏、家庭情况、对自己的印象等，如果对方耍"花腔"，唱了半天问不出一点儿"真料"，自己是很没有面子的，对方的同伴会起哄，自己的同伴也会笑话。

过了几个节，对了几次歌，约了几次会，情投意合者大概就可以定情了。定情也是需要对歌的，但只会带一两个亲密的伙计前往。伙计充当抬轿的角色，也会用山歌连捧带吹。定情物大多是手绢、鞋垫之类的，也有另类的，我小时候就看见隔壁的叔叔带了十几斤月饼去，带回了几双鞋垫。如此好玩的情节至今还是我们那里的美谈。

水到渠成，男方择日通过媒妁上门提亲，一切按部就班，成就一番好事。马山、上林等地的惯例也大多如此，与府城无异。现在我们经常在旅游区看到的壮族婚俗表演,仅是表演而已,一点儿生活都没有,不足为外人道也。

我们的生活是别人的风景,到哪一天,我们把别人的风景当作我们的生活,也好。

(原载2012年第5期《当代广西》)

神　树

专程去看一棵树，一棵稀奇的树，一棵被当地人供奉的神树。

神树在都安瑶族自治县地苏镇赞字村伏场屯的后山腰。屯在镇东面，离镇上两里地。山叫狮子山，因形像狮子而得名，郁郁葱葱，经年常绿。村人说，就是腊月，整座山还是绿色全覆盖，看不到一块裸露的石头，小鸟也喜欢来这里做窝，叽叽喳喳的。

这得益于村民对植被的竭力保护。这种保护沁入骨血，世世代代，传棒接力，从未间断，赓续500多年了。村人说，还将继续保护下去，血脉不断，保护不止，无穷尽也。

源自内心的保护才是真的保护。村人追忆先祖对神树的尊崇和爱护，敬仰之情溢于言表。

明嘉靖年间，易家人由江西辗转入桂，短暂借居古镇宾州，嘉靖七年（1528年），又举家西行，一路至此，抬眼张望，一块宝地展现在前——右有山，像狮子；左有水，像玉带。藏风聚气，无瘴无疠，仿佛是按图索骥得来的宝地，于是易家人就停下脚步，扎下根来，与山水为邻，与树草为伴，日夜相守，繁衍生息，瓜瓞绵绵，相沿至今。

地生万物。建村立寨，首拜土地，次拜山神，这是农耕人朴实的宇宙观。土地庙建好后，易家人上到后山，不费踌躇，就选择这棵树作为山神了。树是山神的化身，有树才有水，有水才可耕种和生活。这棵树，时有碗口粗大，倚靠一块大岩石，扎根石缝之中，风华正茂。

没有谁比山里人对树更加了解了。这种树，当地壮话叫Faexgenq（汉音"费坚"）："费"是树；"坚"，与汉语同音同义，指坚硬、坚强、坚挺。在其他壮族聚居区，如百色、崇左、南宁，这种树叫"费朗、费吕、费垒"，"朗""吕""垒"的意思与"坚"大抵一致。桂柳话通称为垒木、坚木、朗木、格木。

陪去看树的专家说，树的学名叫金丝李，常绿乔木。主要分布在广西和云南部分石灰岩山地。阴性树种，耐寒力弱，耐旱性强，早年生长较慢，30至40年时变快，花果期长，但种子休眠期长达7至8个月。耐腐性、耐水性特强，不易受虫蛀，不易空心，为机械、军事、造船、建筑工业和高级家具等用材，且成大材几率较高。

根据易家人的描述，专家推断，这棵树被奉为神祇的时候，应该过了80岁。由此推断，神树寿龄应该有550岁了。经测算，树高约13米，胸围（地围）1.9米；东西冠幅15米，南北冠幅11米；立地环境为海拔175米，坡度60度。

专家介绍，金丝李的得名，源自生材断面会分泌出丝状金黄色树脂，树脂带有淡雅的香气。木材颜色均匀，水洗或上漆后呈橙黄色。木材直切面，木纹像竹子纹；弦切面呈鸡翅纹，类似鸡翅木纹理。打磨到600目，表面如同竹篾皮，温润如玉，细滑似脂。如今广西境内，成材的金丝李大树已经不多了，登记在册的仅14棵。河池市东兰县有4棵，树龄在250—350年；都安瑶族自治县有3棵，树龄在200—550年；百色市靖西有3棵，树龄在140—180年；南宁市有3棵，树龄在200—300年间；离南宁城区最近的一棵，在武鸣城东镇串钱村，高约15米，胸径约1米，地径约1.1米，树干通直挺拔，树冠枝繁叶茂。

与易家人谈起树的命运，他们拊掌喟叹，唏嘘不已。树，与人一样，有命运有劫数。这棵神树，因为被奉为"神"，躲过了20世纪中叶的砍树炼铁，它的兄弟就没有好运气了，悉数被砍。现在，神树的边上，长出几棵金丝李小树。村人说，是神树兄弟的血脉，这回一定要好好保护才行。村人不希望"根雕艺术"传到这里，更担心"移栽"风吹到这里，把老树、大树请到城里去，一去不复返，像村里的姑娘一样，到了城里就不再回来。专家说，现在有名木古树保护制度了，这些树都能像名人一样，有户口，有档案，有人管护，像大熊猫一样，受国家保护。

专家继续介绍说，广西其他地方的名木古树大抵都是这般命运，它们幸运存活，是因为长在人迹罕至的巉岩边，人类难以找到它们，或者是找到了也难以把它们砍倒拉走。它们独自经风历雨，承受雷电霜雪，忍辱负重，顽强生长，猴子也不愿多来叨扰，就长成了参天大树，长成了风景。

活着的金丝李自成一景，独自招摇生风。老去的金丝李不逊风骚，莘莘屹立，是不倒的顶梁柱。百色市粤东会馆的顶梁柱，全部是单根金丝李做成的，顶天立地，屹立百年，毫无损腐。

对于木料爱好者来说，除了粤东会馆的柱子，要看到金丝李板材的真实面目，就看缘分了。缘分也不多了，得在现存不多的老房子里找，找到的，行话叫拆房老料。

老料是好料，稀罕的好料。金丝李因其密度高，木质细腻，韧性强，硬度高，是传统乐器的良材，也是音响器材的良材。音响发烧友知道，用金丝李板材制作的音响脚钉、垫板，堪比秦汉青砖，滤音、稳音功能堪称完美。

金丝李的大用，当然不止于音响、家具和建筑，木质船只的龙骨、龙筋、首尾柱，发动机机座及汽锤垫板，与金丝李的交集际会，是将遇良才、天作之合。小件的金丝李，用于手工器具的手柄、高尔夫球杆、工艺品材质，都是可心之作。

小时候，家里请木匠打家具。邻居阿伯说，木匠水平的高低，第一眼是看他的行头，如果他的刨架、墨斗是用金丝李做的，那就不用监工了，大可放心。家乡的习俗是，对木匠技艺的满意与奖赏，除了提前支付工钱，还会额外奖励一块好木料。木匠也乖巧，得来的好料，会用来做工具箱、刨架、斧柄、墨斗、烟头，会炫耀说，这是某东家的馈赠，以此为招牌招揽生意。待得木匠师傅来到家里，爸爸依计行事，见着师傅的工具箱里外全是金丝李做的，师傅说什么，爸爸都点头，价钱也不还口。师傅打下的樟木五斗橱，30多年过去了，现在还好用得很。

过去，由于对生长环境要求高，成活率低，成材慢，很少有人种植金丝李。现在广西一些林场、苗圃，人工栽培金丝李，作为绿化树、观赏树、药材，已成一定规模。金丝李枝叶可入药，清热解毒、消肿、治痈肿疮毒、治烫伤。

推行"生态广西建设"之后，幸存的树龄达到100年的金丝李树被列为"名木古树"，建立档案，有专人看护。伏场屯的神树，因此备受尊崇。每年清明时节，易家人像祭扫祖先墓地一样，修整通往神树所在地的山路，清扫树下杂草，供奉祭祀，为神树系上红腰带。树下的石碑也被认真擦拭。祭祀完毕，族中长老会念诵碑文。碑文刊刻神树的身世以及对神树的保护民约。大意是：神树是维护村寨平安的保护神，它能看见村人的一举一动、一言一行，能惩恶扬善。不允许损伤砍伐神树，不允许在神树身边说和做一些亵渎神灵的话语和事情，违者将会受到神的惩罚，轻者破财或生病，重者身体致残，甚至死亡。

村人说，如果神树遭到雷劈或风灾，这是不祥之兆，会灾难临头。要择吉日在神树前敬祭，每家每户都要派人参加。反之，如果神树长得郁郁葱葱，四季常青，便被视为全村的兴旺与富裕有了保证，人畜的生命也有了保障。每逢初一、十五或农历的节日，人们就要杀鸡杀猪，摆上酒和食物来拜祭神树，感谢神树的庇护。

如此虔诚，神树便被一些村人拜为干爹。如果某个小孩子生来体弱多病，命相比较浅薄，生辰八字不好，那么，解决办法有两个：一是不把自己的父母亲当亲生父母叫，转而拜另一对命相合适的男女亲戚为爹妈。二是去拜神树为干爹。当地叫寄树。拜树要举行仪式。小孩子要穿新衣服，由父亲带领，带着鸡或鸭，还有一些供品，在树下摆上，燃上香烛后，父亲对着神树深深鞠躬三次，然后让小孩子双膝跪地，低头膜拜。父亲站在小孩子身边，对神树诉说、陈情、请求一番后，从口袋里掏出一根红线，让孩子牵住一头，环绕大树三圈，系牢。父亲又对大树说一番话，大意是：我把一切都交给神树了，请求神树保佑孩子四季平安，健康成长，长命百岁。最后，父亲往神树身上贴一些纸钱，让孩子亲手点燃鞭炮，仪式结束。回家路上，父亲会叮嘱孩子：从此以后，你的生命就寄托给这棵大树了，要对神树恭敬，要经常来看神树。这种习俗，现在还保存着。

专家说，这是古代万物有灵的原始崇拜的遗风。于我看来，在这纯朴的仪式中，其实饱含了村人对生活的用心经营。生活在这里的人恬淡安详，他们把庭院收拾得干干净净，村旁的樟树下也收拾得干净井然，看不到枯枝败叶。山水的层峦阵列疏落间错是自然的造化，而群峰竞秀绿水荡漾，则是人对山对水的理解和阐述。

村人说，人和树有得一比，人是会走动的树，树是不会走的人，都有看得见的根。

是啊，树在那里，默默成长，这需要具有长久的耐力和非凡的气质，就像世代生活在这里的黎民百姓，坚忍自强，随遇而安。在不断损毁、灭绝的世界上，在不完整的、残缺的生活中，还能为自己的心灵找到支撑点，这可以归结为一种精神，一种力量。

神树活了500多年，还将活下去，活成一种历史，一种标记。生活在这里的人们，也是一种风景，正在谱写新的传奇。

酒香催熟稻谷

种稻，收谷，酿酒。

酒，一缸一缸地摆在墙角，散发出醉人的芬芳。

酒是用来喝的。在崇左这块壮族文化腹地，种稻的历史已经很悠久了，喝酒的历史也已经很悠久了。他们喝的是自酿的米酒，酒精度不高，柔顺绵长，甘甜醇和，像温婉柔情的壮家少妇，或者，悠然荡漾的左江之水。

在崇左，喝酒是一件很平常的事，有客人就跟客人喝，没有客人就自己喝。很难说得明白喝酒是为了什么。喝酒就是喝酒，根本就不为什么，这样说也许更切中肯綮。

因为供职报社，常有机会到崇左做客，同席中人有市县要员也有平头百姓。每每，不由得想起"宦场中人，大部分肉食者鄙，各地皆然，固无足论。观风问俗，宜对庶民着眼"。这是梁实秋说的，深以为然。故常避开公家宴请，假借朋友寻得干净农家，米酒加农家土菜足矣，既无正襟危坐之累，又得了解民情真相。

于是发现，在崇左开怀畅饮才是上佳之道。用崇左话讲，放开喝才对路数。《菜根谭》说，花看半开酒饮微醉，是喝酒的最佳境界，令人低回。我估计，作者洪应明酒量有限。

崇左人好客。知道有客人要来，即早早准备，妇孺清扫本已干净的庭院，男当家的则考虑弄一两个不常见的菜。早些年山上野货多，主人亲自上山下铁猫放几枪，弄回个把野兔山鸡，顺便采下几朵香菇野菌，这样餐桌上就很好看，很有面子。现在保护野生动物的标语到处悬挂，山不能再上了，于是就下河。崇左河多塘多，河塘里水货也多，弄上几个老鳖白鳝也是平常。主人有几样好吃的，再招呼隔壁邻舍过来帮厨，热热闹闹，一场待客家宴就很完美了。喝的多是米酒，客人带去的瓶装酒不开，摆在显眼处，显出客人的大方和对主家的尊敬。席上不摆杯，酒倒在海碗里，碗里搁一匙羹。主人是万万不能让客人自己舀酒喝的，而是左手端起海碗，右手捏稳羹把，舀满酒，敬到客人的面前，有点儿喂的样子。客人喝下后，也要模仿主人，反喂主人。同席者无不如此，一律喂来喂去，绝无自斟自酌之理。此等热情状现在稍有改观，对于不熟悉壮族礼仪的远方客人，主人也不勉强，给客人摆上杯子，与客人干杯，但对自己人还是要这样喂来喂去的。

匙来勺往，便有人喝高了，靠着墙，笑着；主人就很高兴，又多喝几口，也喝高了。于是女主人收拾桌面，上茶，上瓜果。在这里，主妇是不会阻止男人喝酒的，她们倒是很乐意接受客人的敬酒。一场酒宴下来没有个把人喝醉，主人是要被邻居取笑的，笑主人敬酒不热情，吝惜酒水钱。

崇左人热情好客不仅在于把客人喂高了，而且还要给客人捎带一些土特产，要么是一罐桄榔粉，要么是一坛自家腌制的山黄皮，最不济也有一袋萝卜干或者红薯干。

　　没有客人的日子崇左人也会找出由头喝酒，不为什么，就是图个快乐。几个伙计，一两样菜，就喝了。如果搞到稍微稀罕的下酒菜，如蜂蛹之类，更是呼朋唤友闹酒一场。我有一瓢酒，独饮良不仁，何况一缸乎？

　　把那一缸缸酒喝完，秋收又到了。

（原载《边城画廊》，广西师范大学出版社，2010年1月第一版）

抢来的荣耀

春节过了,春分还没到,这是一年中最悠闲的时光。在崇左,不管是城里人还是村里人,嘴巴都没闲着,七嘴八舌谈论即将到来的一年一度的抢花炮,扯得远的,扯到了端午节的赛龙舟。在这座刚由县级升为市级的边疆城市,人们还习惯过农历节气,习惯以农历来计时。

抢花炮和赛龙舟是崇左人喜爱的传统体育项目。崇左市的民族体育项目比较丰富,目前挖掘整理出来的有抢花炮、拳术、舞龙、舞狮、舞麒麟、舞春牛、划龙舟、马格角、打陀螺、踢毽子、滚铁圈、抛绣球等。抢花炮和赛龙舟因为参赛人数众多,比赛场地大,能够吸引上万的群众观看而备受欢迎,魅力历久弥新。

崇左各地抢花炮的历史都很悠久了,江州区抢花炮的历史可以追溯到清康熙年间。传统的抢花炮场地通常设在河岸或山坡上,无一定界限,不限人数,也不分队数，每炮必抢，三炮结束。头炮又名"丁炮"，寓意人丁兴旺；第二炮又名"财炮"，寓意财源茂盛；第三炮又名"贵炮"，寓意加官进爵。随着活动的不断开展，抢花炮成为规范的体育比赛项目。比赛以街道或者村屯为单位事先报名，可临时补报，队数不限。队员由精挑细选的身强力壮的青壮年组成，每队十到二十人，各队人数相等。抢花炮时，按头、二、三炮的顺序燃放，不管多少队，都同时参加抢夺。队员入场时须脱下外衣长裤，以方便行动。抢花炮时可挤、扳、钻、护、传、拦，但不准踢打和带利器。抢的时间不限，谁能把花炮先交到指挥台，就算优胜。每逢多支队伍旗鼓相当势均力敌时，一个花炮也要颇费周章才能送到指挥台上。抢到花炮的人要一直冲到指挥台，途中机变百出，对手随时随地都可强取豪夺，但也是有规矩的，以不伤人为原则。

胜利的奖品一般是一个大猪头和几百块钱。获胜者在众人的簇拥下将大猪头大摇大摆地抬了去，还专拣人多的地方走，一路上少不了人们羡慕的目光。能够参加花炮队已是莫大的荣光，一般都是精壮结实反应机敏的青年才能入围，而能抢到花炮的青年更是人们心目中的英雄，是姑娘眼里的明星。有歌赞曰：家乡三月风光好，天结良缘抢花炮；要得壮家姑娘爱，花炮场中逞英豪。作为奖品的猪头当晚是要集体分享的，庆祝胜利的炮仗声猜码声通宵达旦。

抢花炮的日子也是男女青年开展社交联谊的好日子，待比赛结束，青年们三三两两避开人群，找一个安静的地方对歌去了。

（原载《边城画廊》，广西师范大学出版社，2010年1月第一版）

乡野斗牛

看过一则笑话：在西班牙首都马德里，一场斗牛赛刚结束，一位斗牛士受了重伤被抬进医院，不久就见他全身缠着绷带从医院出来。"我一定要报仇！"斗牛士边喊边走，人们紧跟着他，不知他要做什么。后来斗牛士走进了一家酒馆，大声吩咐侍者："给我上两份烤牛肉，烤得越焦越好！"

笑话幽默又苦涩，有些微言大义的味道。在西班牙，要求取消斗牛的呼声越来越强烈，觉得这一活动对牛太残忍对人太残酷。而崇左也有斗牛的习俗，二者的区别在于，崇左斗牛不是人牛相斗而是二牛相争，可以是水牛相斗，也可以是黄牛相争。与西班牙斗牛相比，牛牛相斗的精彩程度毫不逊色于人牛相斗，却避免了些许残酷。

斗牛是壮族的一种传统习俗，传说在宋朝已经盛行，壮族斗牛大多是在农闲时进行，一般在秋收后至立春前，具体时间由各村代表商议而定。看斗牛如同赶歌圩，届时，四乡八邻的男女老少均云集斗牛场，各自带上铜鼓、唢呐来为自己的参赛队呐喊助威。斗牛场一般选择在四面是山坡，中间有块平地的地方或者河滩上。比赛地点不固定，一般每年轮流在一个乡或一个村进行。一般情况下，每个村寨派一至两头牛参赛。赛前的大牯牛有专人饲养两三个月，期间给它喂蜂蜜、猪油、盐水、烧酒等物。参加角逐之前，大牯牛都要经过目测体重，然后由裁判根据不同的体重级别进行分组，同一级别之间再通过抽签确定比赛对手，规则类似于摔跤比赛。

入场仪式完毕后，人牛退场稍作准备。准备的唯一内容就是给牛灌酒，或米酒，或米酒中掺些更烈的白酒，酒中打入几个生鸡蛋。片刻，酒气上头，牛脾气来了，无奈被人牵住牛鼻子，只得喘着粗气，四蹄刨地。

待三声铁炮响起，牵牛的人把手一松，两头水牛四蹄腾空，向对方冲去，如离弦之箭，似火烧屁股，风驰电掣地向赛场中心对碰。说时迟，那时快，牛的四蹄刨起的灰尘如烟似雾，向中心燃烧而来，两股烟尘对碰的一刹那，只听"咔嚓"一声脆响，两个牛头，着实无误地碰撞在一起了。

助威的人，有的敲锣，有的呐喊，紧跟着这两头牛团团转，恨不得上去助一头之力。困兽犹斗，喝了酒的公牛本来早就红了眼，此时更是赤目圆睁，寸土不让。僵持良久，自有一方甘拜下风，扭头逃遁，胜者也被围观的人们拉住缰绳，不得"宜将剩勇追穷寇"，免得伤了败方和观众。比赛若到预定时间仍难解难分、不分胜负，人们就要用牛绳分别套住牛腿往后拉开，视为平局，双方稍息片刻，重决胜负。胜方将披上一张红布，由主人牵着绕场数周向观众致意，观众则点燃鞭炮表示祝贺。败方被牵走，回家好好休养，明年再来。败方主人也不会因此丢脸，毕竟这只是乡间娱乐而已，用不着动真气。

斗牛获胜是全村人的骄傲和荣耀。人和牛回到村子，早有人准备好丰盛隆重的村宴等着，一场全村人的庆功活动又开始了。牛不再被灌酒，它在宴席旁悠然地吃着人们特地为它割来的嫩草。是夜，全村男女老少和牛主人的亲朋好友欢歌畅饮，以庆胜利。

（原载《边城画廊》，广西师范大学出版社，2010年1月第一版）

能喝九碗最圆满

到侗族人家做客,接受的第一个礼遇往往就是主人请你打油茶了。

侗族人好客,油茶待客是侗族的重要礼俗。油茶在侗家不是稀罕物,家家都备有,随时都可以喝上。一天之中,不分早晚,随时都可以制作。但制作和喝的过程却有颇多讲究。客人有样学样,入乡随俗,就能应对裕如,欣然享受侗家油茶的甘美之醴。

据有关史料记载,侗家油茶始于唐代,距今已有一千多年的历史,长盛不衰。

油茶的制作过程比较复杂。

第一步是炒制"阴米",把糯米拌油或者粗糠蒸熟,在通风处阴干,再用碓臼把糯米舂扁,簸去粗糠,这才成了"阴米"。阴米是制作油茶的主要原料,其次是玉米、花生、黄豆,有的地方还杂以蕨根、红薯制成的淀粉,或者豆角、南瓜等杂粮。打油茶时,先把"阴米"用茶油或猪油炒好,然后再用擂钵将峒茶捣散，用文火煮茶，待茶叶展开，捞起，再用木槌把茶叶捣碎。"打油茶"的"打"就是"捣"的意思，这样能使茶味更浓。回炉再煮一会儿，滤出茶渣，油茶便算"打"好了。将事先准备好的阴米、炒花生、炒黄豆、瘦肉片、猪肝片、糍粑等放在碗中，再加上葱、姜、蒜、胡椒粉等佐料，浇上滚烫的茶汁，就是色香味美的侗家油茶了。

油茶是侗族人民非常喜爱的传统饮品，饮后提神醒脑，焕发精神，解除疲劳，而且还有祛寒暖胃，治疗感冒、腹泻诸功效。侗族人每天都喝油茶，不少人外出喝不到油茶，会感觉周身不爽，疲惫乏力，如同发痧一般。

打油茶的工具、选料都比较独特。工具是一只小铁锅和一把小木槌。小铁锅状似砂锅，但锅口很小，一拃见方，锅口旁有一小嘴，供倒茶用。小木槌大小如擀面棒，长柄，轻巧灵便。茶叶须用峒茶，即未经深加工过的茶叶，侗乡特制，若用其他茶叶，就没有油茶的风味。

喝酒有酒规，喝茶讲茶道。在侗家打油茶也有蛮多规矩，造次不得。主人请你喝油茶，你不必客气，太客气了，倒会令主人手足无措。喝茶时，客人可以和主人围坐在锅台旁，欣赏整个油茶的制作过程，一般由主妇动手烹调、分配和端送。第一碗油茶必须先端给座上的长辈，以表敬意，然后依次端送给其他客人，最后才是主人。

喝油茶只能使用一根筷子，表示一心一意敬人。接到第一碗油茶后，必须等主人说一声"敬请"，大家才开始喝。喝完，由主妇添加。喝完第一碗油茶，筷子自己拿着，把碗递给主人，主人就按照各人的坐序依次把碗摆在桌子上，盛第二碗油茶。每次喝油茶一般每人至少喝四碗，这是依照侗家"酒三茶四"的习俗所定的。少则会被认为是对主人的不敬。茶过四碗后，若不想再喝，就把筷子架在自己的小碗上，表示不再喝了。如果客人一口气能喝完九碗，主人就非常高兴，认为是你看得起他，够朋友，主客皆欢。喝完油茶，主人还会给客人端上一杯温水，这杯水是用来漱口的，客人可千万别喝下。

由于油茶操作较为复杂，有的家庭每当贵客进门时，还得另请村里打油茶高手制作。

喝油茶不但作为日常来往、婚丧礼仪中主要的待客方式，而且在祭祀礼仪中也显得尤为重要。侗族人每逢节日或家庭成员的生日，都要在神龛前敬上油茶，以祭祀祖先。敬茶时，主人要先下跪祈祷，祈求祖先保佑万事平安。

多年的喝油茶传统，侗族民间形成了大大小小的油茶会。逢年过节，几户邻居聚在一起打油茶，互祝新年，这是小油茶会；婚嫁添丁，起屋乔迁，家有大事喜事，主人打油茶招待客人，这是中油茶会；村寨或者房族有诸如翻修鼓楼、春秋社日等大事，也要举行油茶会，这是大油茶会。随着油茶的宣传和推广，喝油茶的风气传到了侗族地区以外的地区，出现了诸如"鸡丝油茶、肉丝油茶"的油茶新品种。

最有趣的是"打油茶"一词，已经衍生为"求婚"的代名词。倘有媒人进得姑娘家来，说是"某某家让我来你家向姑娘讨碗油茶吃"。一旦女方父母同意，那么，男女青年的婚事就算定了。

由喝油茶而形成的"油茶文化"渗透到了史书、传说、故事，以及民歌中。新时代的《油茶歌》这样唱道：姑娘巧手打油茶，水甜茶香遍侗家。金杯玉盘捧在手，敬向主席献油茶。这首《油茶歌》在二十世纪六十年代从侗家山寨唱到省城，又从省城唱到了北京。

无论富裕还是贫穷，侗族人都会想方设法保持住打油茶的习惯。

民族的命运和个人的际遇难免坎坷起伏，但不愠不怒的淡定自若和对生活品位的持久坚守，值得欣赏。

（原载《侗情如歌》，2010年10月，广西民族出版社）

侗不离酸

住不离山，走不离盘，穿不离带，食不离酸。16个字，简洁地概括了侗族的衣、食、住、行。

民以食为先，侗以酸为上。侗族的日常菜肴以酸味为主，一日三餐不离酸，一年四季腌酸食，侗家酸坛是个筐，什么都可以往里装。三月青菜青，腌青菜；七月鸭子熟，腌鸭；八月禾鱼肥，腌鱼；过年杀猪，腌猪肉。无论鱼肉荤腥，还是蔬菜瓜果，想腌什么就腌什么，不过这得由家婆或者媳妇说了算，男人一般不过问，这里面含有尊重妇女的一层意思。

相传，腌酸菜始于宋代。由于世居深山峻岭之中，山高路遥，交通不便，很不容易吃上鱼肉和新鲜蔬菜。为适应日常生活上的需要，侗族人家便家家户户都设置酸坛，制作酸鱼、酸肉、酸菜及其他可食之物，以备不时之需。

在侗家，无菜不腌、无菜不酸。将淘米水装入坛内，置于火塘边加温，使其发酵，制成酸汤，然后用酸汤煮鱼虾、煮蔬菜，作为最常见的菜肴。白菜、黄瓜、竹笋、萝卜、蒜苗、木姜、葱头、芋头，皆可入坛腌醋。侗家人经常食用的虾酱，是先将生虾与辣椒面拌在一起，捣碎，再加粥、豆粉、牛姜末、桂皮和盐，搅匀入坛，发酵后即可食用。食用时再以油煎炒，其味鲜酸酥辣，最能开胃佐饭。侗家有句俗语："三天不吃酸，走路打倒蹿。"

制作腌鱼以入冬最佳，其时草鱼已经处于半休眠状，不再吃食，腹内粪便较少，肌厚肉紧，最适合腌制酸鱼。先将鱼洗净剖开，去内脏，搓盐，盐要处处搓到，不漏一缝一隙，沤三四天，待盐溶化后，置于坛里，撒上辣椒面、盐、生姜、大蒜、香料，过三四天后，再将坛里的鱼取出，在坛底放上一层糯米饭，摊一层鱼，再铺一层糯米饭，每层都得用手压实。这样一层隔一层铺好压实，尤其是最上一层更要特别压实。装完随即密封、盖紧，以免坛内的酸鱼氧化变质。这样腌制的鱼，质地结实，肉色红润，醇香味美，可以保持十几二十年不变质。这是侗家腌酸的珍品，一般难得吃上，除非招待贵宾或遇红白大事才肯开坛享用。

新婚大喜之日，新郎过多少彩礼给新娘，摆多少酒席，邻里乡亲不太在意，但有没有大条的、陈年的酸鱼上席，却是宾客乡邻议论的焦点。客人对酸鱼满意，新郎新娘就觉得很有面子、很得意，喝醉了也不在乎，闹不了洞房也无所谓。接新娘前，新郎要准备全酸鱼宴，到新娘家宴请新娘的舅公和亲朋好友。天上最大是雷公，地上最大是舅公。舅公倘若对新郎孝敬的酸鱼不满意，一般都要设置一些小小的难题为难新郎。新郎如果被舅公的"下马威"难住，面子就很不好看了，新娘也只能干着急。新娘过门三天后就得回门，这回门礼，还是以酸鱼为主。因此，有男孩的人家，早早就得张罗腌制酸鱼。

红事不离酸，白事同样不离酸。有人去世，灵前必须有一尾大的酸鱼祭奠，这叫"陪头酸奠"。挖墓穴，要以酸鱼敬神，叫"墓地酸礼"。

安葬后第三天，亲朋到新墓祭奠，也要摆上酸制品，这叫"三餐酸奠"。侗不离酸，名副其实。

　　一排排酸坛醒目地摆在堂屋的四周，守护侗族人的日子，守护侗族人的幸福。

（原载《侗情如歌》，2010年10月，广西民族出版社）

生活意趣

南瓜大仗

这项活动从哪时开始,谁也说不清楚。为什么只有三江侗族自治县程阳八寨才有,也无人知晓。

反正,每年到了农历八月上旬,寨里的小后生哥——14岁郎当的青涩少年,就跃跃欲试了,他们要到别的寨子去,邀请那个寨子的同龄女孩打南瓜仗。一般都不会被拒绝的,一般都定在农历八月十五这一天。

这一天,这一帮郎当少年一本正经,头包白巾,身穿节日盛装,抬着大大的南瓜王和几束扎好的花簇,准时走进女孩寨子里的鼓楼前坪。寨里男女老少都赶来观赏南瓜王,争相去摸南瓜,以为吉利,"摸摸南瓜头,一年不发愁"。花簇则送给早已恭候多时的女孩子,女孩们马上端上热气腾腾的油茶,以示欢迎。被大家摸过的南瓜王摆在鼓楼前,瓜上贴上一张小红纸,纸上写着:一斤南瓜两斤肉,两斤南瓜三斤肉,三斤南瓜四斤肉,四斤南瓜讲好和。

喝完油茶，讲好规则，男女分开，分列在场地两头，面对面摆好阵势，南瓜仗正式开始，双方各自掏出南瓜块向对方掷去。这些南瓜块可是在前一晚准备好了的。少男少女们晚上到瓜地"偷瓜"，见双摘一，见四摘二。摘下一个瓜，要在那里插一朵花，以示通知主人。主人是不会在意的，他在少年时代也"偷"过别人家的瓜，相沿成习，偷瓜不算偷。南瓜被切成拳头见方，好抓；煮成半生熟，不至于伤人，打击的效果又好，被打中者满脸满身的南瓜瓤，像战场挂彩的勇士，更像化装舞会的舞者。图的就是这个乐。

长得帅气、漂亮的少男少女最容易成为重点打击的目标，每一块"炸弹"都锁定他们，精确打击。一旁观战的调皮的娃仔打抱不平，主动跑到阵地前沿，帮助被打击者展开自卫反击，一时"枪林弹雨"，"硝烟弥漫"，大呼小叫。飞舞的"炮弹"有时也不长眼，误伤了观众，观众早就按捺不住，蠢蠢欲动，见此良机，岂甘沉默，马上捡起"炮弹"残片，投入战斗。战局当即扭转方向，不分敌我，见谁打谁，不论男女。

一块块南瓜在半空中乱窜，像风中的冰雹，失去了准头。无辜的鼓楼也被砸中了几次，但它已经习惯了一年一度的"受伤"，大人不计小人过，它不吱声。哗哗乱叫的是那些挂彩最多的可人儿，他们指着身上的斑斑瓜渍，夸张地诉说冤枉。这哪里是冤屈啊，分明是炫耀，心底里可乐呵着呢。

比起西班牙番茄节的番茄大战，程阳八寨的南瓜大仗更具有儿童趣味和民间风味，战场也是不固定的。

明年到哪里战斗呢？

把南瓜种好再说吧。

（原载《侗情如歌》，2010年10月，广西民族出版社）

十八年杉

喝过小孩的满月酒，父母就开始张罗种"十八年杉"了。

不知从哪个朝代开始，侗族就有了这样的优良传统：家里每增添一个小孩，父母就上山找一片好地，种上几十上百棵杉树，时常护理，修枝灭虫，十八年后儿女长大成人，杉树也颀长挺拔了。选一个好日子，拜过山神，请亲友将树砍回，做儿子的新房，或者，卖给人家，筹办儿子外出上学、谋生的盘缠，为女儿打制几件银器，添置几样嫁妆。"十八年杉"因而得名。这些杉木自小到大得到全家人的精心照顾，高大笔直，品质优良，是建筑的良材，十八年杉也成了一个品牌，家家拥有。

集腋成裘，侗族地区因此成为全国八大林区之一，有了"杉海"的美誉。侗族也因此成为一个擅长建筑的民族，出了很多能工巧匠，不费一铁一铜，仅靠杉木，就建造出闻名天下的鼓楼和风雨桥。

据说，北京的天安门城楼，也用上了十八年杉。

据说，因种植十八年杉的傲人功绩，侗家人有了全国劳动模范。

十八年杉以它的伟岸形象进入了侗族画家的笔下、作家的视野，象征着侗家青年的玉树临风、积极上进、刚正不阿。

随着旅游业的发展，种十八年杉也成了侗族风情旅游项目之一。在侗家少女的"多耶"声中，游客种上一棵杉树，把一种心愿种下，把一种希冀种下。十八年后，故地重游，抚摸已长大成材的大杉树，当作何想？是慨叹时光的流逝还是生发成长的喜悦？

还能故地重游吗？

种树种出情味来，也是造化。

（原载《侗情如歌》，2010年10月，广西民族出版社）

生活意趣

天边听天琴

> 从小长在壮山坡，外婆教我唱山歌；
> 清早唱得云雾开，夜晚唱得星星落；
> 唱得画眉跟着走，飞到门前来做窝；
> 壮人生来爱歌唱，山歌唱来天琴和；
> 琴声引得百鸟和，山歌飞过九重坡。

这是边陲龙州县板池美女天琴山歌队传统的开台歌。

壮族人唱山歌一般是没有乐器伴奏的，到什么山唱什么歌，随口就来，也不太讲究仪式，兴起即唱，悦己娱人。不像侗族苗族，讲究唱歌的场合和伴奏的乐器。但也有例外，这就是龙州板池屯的壮族人，唱山歌必备天琴伴奏，无琴不歌。

天琴是壮族三种较古老的弹拨乐器之一，主要流传在广西西南部与越南交界的龙州、宁明和防城一带，原为天婆（巫婆）替人禳灾治病时所用，后来，这种巫术性的弹琴歌舞演变为群众性娱乐活动，民间称为唱天、弹天、跳天。所用乐器便称为天琴。

传统天琴长约120厘米，琴杆木制，雕龙纹；琴头雕成凤形、帅印、太阳形、月亮形，有二弦、三弦和四弦，琴筒多为葫芦或麻竹，竹制琴码。天琴有着较丰富的表现力，常用单音、双音、打音、长音、顿音和滑音等演奏技巧，可独奏、合奏或为歌舞伴奏，音色清脆。演奏者通常佩戴脚铃随节拍颤脚，也可边弹边舞。天琴节奏简洁明快，轻盈跳跃，蕴含神秘气息，极富壮族特色。在壮族民间传说《妈勒访天边》中，妈勒二人就是弹着天琴去天边寻找太阳的。天琴演奏的传统曲目有《逗天曲》《颂路》《欢乐曲》《庆丰收》等。用天琴伴奏的山歌注重传统套路，循规蹈矩，不兴张口就来。因此，在板池唱山歌变得郑重其事，是一种比较隆重的仪式。

而仪式的隆重又体现在表演的人身上。

既然是表演，演员的身姿、嗓音就在讲究之列。

龙州本来就是出美女的地方，民间早有俗谚：龙州好妹仔，下冻好细米。下冻是指龙州县下冻镇，出产优良稻米，被誉为"龙州粮仓"。而与越南接壤的板池屯的美女又胜过龙州，是出名的美女村。有诗赞曰：板池姑娘面目清，好比仙女下凡星。人美心灵更手巧，种田织布样样行。老人见了齐称赞，伙子望见坐不成。谁个欲知真意境，且请亲达美女村。走进板池屯，真是嫣红姹紫，佳丽如云。

是这里人才济济才把唱山歌当成一种骄傲的展示呢，还是唱山歌本来就是一种正规的演出，需要挑选模样周正的演员？这，已经找不到答案了。几百年来，板池人就是这样严肃规整地对待山歌，从不懈怠。

板池屯，原名玉地村，又名小西双版纳、美女村、长寿村。取名"玉地"，在于当地泉水清冽，冬暖夏凉，用以灌溉田园，五谷丰登，遍地金玉。该村先祖系从傣族聚居地迁徙而来,历经千百年与当地壮族人通婚往来,故兼具两族之长处,颀长高挑,容貌姣好,细腻柔和,白里透红,且健康长寿,八十岁以上高龄者比比皆是。"又名"名副其实。

仓廪实而知礼节,衣食足而知荣辱。板池屯能够保留住传统的民间艺术,并且遵循故制,一丝不苟,把唱山歌当成一种仪式,也就在情理之中了。当地各种民俗也保留得比较完整,村民善织绣,讲究穿戴。

如今,到龙州板池已经成为崇左旅游的一个热点了。那些穿着黑色民族服饰的天琴女子风姿绰约,手持天琴,脚串铃铛,坐唱走摇,在那绝尘的音色之中,弥漫着巫术文化的神秘诡异。如果是在晚上欣赏,则更悱恻与虚幻,仿佛仙乐在幻化,在摄人魂魄。

龙州县已被命名为中国天琴艺术之乡,美女天琴队已名声在外,到南宁参加国际民歌艺术节,到北京参加各种晚会,到欧洲参加艺术交流活动,是常有的事。您到板池不一定能见到她们,买回一张光碟欣赏,或者在电视上搜寻她们的行踪,也是一件快事。

(原载《边城画廊》,广西师范大学出版社,2010年1月第一版)

两棵树和它们的背影

到崇左,是要去看那两棵树的。

一棵在龙州,一棵在大新。

树在那里,一直默默成长,超过两千岁了。这,需要具有长久的耐力和非凡的气质,就像世代生活在这里的数百万黎民百姓,坚忍,自强,不怨天尤人。崇左区域内很多地方贫瘠荒凉,是"连鸟都不拉屎的地方"。但在这"不适合人类居住"的地方,仍然有很多人居住,就像这两棵树,随遇而安,矢志不移。

这可以归结为一种精神。

这是两棵枧木。一棵在龙州的陇呼屯,一棵在大新德天瀑布的附近,高大、笔直、华盖如阴、枝繁叶茂。据最新测量,树高均在48米以上,单株蓄积量超过100立方米,树干需10人方能围抱。树旁设有平台、石凳,供人礼拜和观赏。

枧木生长区仅仅分布在云南西双版纳和广西与越南边境的狭长地带,种子发育困难,成活率低,生长缓慢。蚬木被列为国家一级珍贵树种和二级保护植物，有着重要的研究价值和使用价值。

在被保护之前，一棵树能够存活千年，成了树王，木秀于林，风姿绰约，必定有着神奇的力量。树老成精，当地村民把树王看成了生命延续与力量的象征，把树当成了神，镇山镇村之神，神圣不可侵犯。在当地民间传说中，树很有来历：有一位天上仙人下到凡间寻找风水宝地，看好了这里，并与当地美丽姑娘相爱成亲。由于留恋这里的风水和美丽的新娘，仙人错过了返回天庭的时机，幸福地留下，并和当地老百姓一起，把这里创造成一块幸福的乐土。仙人和美丽的妻子百年之后的墓地上长出了这棵树王，千年万代地守护着他们的子孙。

这当然是老百姓在艰难谋生之余对幸福乐土的向往和愿景，也表达出老百姓乐观的人生态度和对未来的美好预期。现在，逢年过节，当地百姓还成群结队来祭拜神树，许愿还愿；而情侣们更是双双携手前来，敬请神树见证他们的爱情，让他们的爱情之树如神树般长青不老。这是风景中的风景，别致新奇而不失庄重。

树从不走动，但树会记住许多事情。在树的后面是一大片绿油油的深邃的背影。

这背影就是崇左全市面积达700多平方千米的森林及6个国家级和自治区级自然保护区。

好比一张名片，两棵蚬木是名片上的名字，6个国家级和自治区级自然保护区是头衔和职务，是扮演的角色和角色的地位。在这张硕大的绿色名片上，渲染着一个尚未开发的"绿色宝库"，开发之后可以想见的勃勃生机和无限空间。

名片上列在第一位的是弄岗自然保护区，早在1980年就被定为国家级自然保护区。它位于龙州县中北部的逐卜、武德、上金乡之间，总面积101平方千米,平均海拔约400米,最高海拔约700米,每平方千米山峰平均数30个,最多80个。群山连绵,雄奇巍峨,崖陡壑深,暗河纵横;密林深处,云烟飘渺,雾霭徘徊,变幻莫测。森林生态系统保存完好,生物资源丰富多样,森林覆盖率高达70%;气候温和,年平均气温22℃。岩溶、地质、地貌、水文、土壤和气候等方面都很典型,是我国最大、保存最完好的喀斯特原始地貌保护区,具有较高的科研价值。保护区特有的珍稀树种有金花茶、蚬木、金丝李、肥牛树、东京桐、擎天树、桄榔树等,珍稀动物有白头叶猴、黑叶猴、猕猴、峰猴、金丝猴、华南虎、云豹、大小灵猫、苏门羚、冠斑犀鸟、原鸡等。

在弄岗自然保护区之后是陇瑞自然保护区、西大明山保护区、崇左珍贵动物保护区等,基本状况与弄岗差别不大。据最新报道,古人类贝丘文化遗址在6个保护区中被相继发现,考古工作者正在进行更大规模的发掘。如此丰富厚实的人文资源和自然生态资源,无疑是难得的科研基地和旅游的好去处。

崇左是幸运的,她拥有一张如此完美的尚未涂写的白纸,可以从容地谋划布局美好的未来。

两棵树王还将好好地活下去,还将记载新的历史。

(原载《边城画廊》,广西师范大学出版社,2010年1月第一版)

后　记

　　我大抵是随大流的人。读中文系时，写作课老师说，作家成长的基本路数是"青年写诗歌、中年写小说、老年写散文"。我言听计从，在大学一年级开始学写现代诗并投给报刊，一些获得发表，由此得到鼓励，买了看了大量的新诗集，写了数百首诗歌，毕业三年后出版了第一本诗集，这也是个人的第一部文学著作，并获了奖，由此坚定了写作信心，四十年来一直笔耕不辍。进入中年后，先是写小说，后来因为工作关系，在区内国内走了很多地方，有感而发，写了几百篇游记之类的散文。诗歌是看得多写得少了，兴趣更偏向于欣赏唐诗宋词。

　　散文写了这么多年，出版了几本散文集，还是感觉散文易写难工，想要创新十分困难，但我坚持"文以载道"，一篇散文，哪怕再短，也要讲出一些"道道"来。虽然不能全部做到像歌德所说的"优秀的作品无论你怎样去探测它，都是探不到底的"，但至少要做到言之有物，发乎情，止乎礼义。

　　本集子收录了我这些年来散发于各报刊的散文，写的无外乎所见所闻，涉及身边的人和事。《漂移的家》获得《广西文学》青年文学奖，《奋斗者》获得广西壮族自治区成立六十周年文学创作征集活动散文类一等奖。一路写来，感觉写散文不可勉强为之，若是动笔前越想要写出"名篇"，越是写不好，也越不像散文，更像是公文。

　　感谢广西作家协会和广西人民出版社的大力促成，使得这些零散发表的散文得以结集出版。生活还得继续下去，写作也要继续下去。

　　是为后记，同时借以自勉。

蒙　飞

2023年春